ЧЕГО БОИТСЯ СТРАХ?

ЧЕГО БОИТСЯ СТРАХ? Библейское руководство как приобрести Библейское руководство как приобрести покой души

Copyright © 2020 Кулакевич, Рената

eBook ISBN-13: 978-1-0879-1560-9

Print ISBN: 978-1-0879-1557-9

© Оформление книги: *Tall Pine Books* 2020

© Spukkato Freepik.com

ЧЕГО БОИТСЯ СТРАХ?

БИБЛЕЙСКОЕ РУКОВОДСТВО КАК
ПРИОБРЕСТИ БИБЛЕЙСКОЕ РУКОВОДСТВО
КАК ПРИОБРЕСТИ ПОКОЙ ДУШИ

РЕНАТА КУЛАКЕВИЧ

TALL PINE

СОДЕРЖАНИЕ

	ОТ АВТОРА	vii
1.	ОЧЕНЬ ВАЖНО!	1
2.	БОЛЬНЕЕ, ЧЕМ РАНА	7
3.	МНЕ НАДОЕЛО БОЯТЬСЯ	11
4.	ТО, ЧЕГО БОИШЬСЯ, С ТОБОЙ И СЛУЧИТСЯ?	15
5.	ЭВРИКА!	21
6.	СТРАХ — ЭТО ДУХ?	25
7.	Я ХУЖЕ ДРУГИХ?	39
8.	ГДЕ БЕРУТ НАЧАЛО НАШИ СТРАХИ?	45
9.	ИЗБЕРИ ЖИЗНЬ, ДАБЫ ЖИЛ ТЫ	55
10.	СТРАХ ЛЕТАТЬ НА САМОЛЕТАХ	61
11.	ДЕСЯТЬ ТЫСЯЧ МЕТРОВ НАД ЗЕМЛЕЙ	67
12.	ОПАСНАЯ ЗОНА	79
13.	ЗАКЛЯТОЕ	91
14.	ЗА МОЕЙ СПИНОЙ	101
15.	КНЯЗЬ ТЬМЫ	105
16.	СТРАХ ОТВЕРЖЕНИЯ	109
17.	ЧЕЛОВЕК Я НЕ РЕЧИСТЫЙ	117
18.	БОЯЗНЬ МОРЯ И ГЛУБИНЫ	125
19.	БОЯЗНЬ ВЫСОТЫ И СТРАХ СМЕРТИ	137
20.	СВДС	145
21.	МОЯ ИСТОРИЯ	155
22.	НАСТУПИЛО ТО УТРО	159
23.	МОЛИТВА СТРАХА	175
24.	А ЧТО БУДЕТ ЗАВТРА?	183
25.	ТАК ВСЁ-ТАКИ ЧЕГО БОИТСЯ СТРАХ?	193
	ОБ АВТОРЕ	213

ОТ АВТОРА

Дорогой читатель», я рада встрече с вами!

Наверное, вы держите в руках мою книгу в поисках ответов на возникшие вопросы, ведь, скорее всего, вас мучит то же, что и меня многие годы: необоснованные, мучительные страхи — *фобии*. А может, вы здесь и по другой причине.

В любом случае надеюсь, что вы почерпнете из этой книги то, что даст вам силы помочь себе и другим. Очень много людей

«болеет» страхом и нуждается в помощи. Как бы мне хотелось услышать вашу историю жизни, ваши переживания! Я бы многому научилась от вас. Но вот так случилось, что вы в гостях у меня. Усаживайтесь поудобнее, возьмите чашечку чая и медленно, не спеша, читайте.

Расскажу вам всё, что узнала, нашла, открыла — все составляющие страхов. В эту книгу вошли кое-какие материалы, которые я написала для своих друзей в

«Фейсбуке», пока проходила самое сложное время в своей жизни — инсульт мужа. В то время я снова встретилась со страхами. Каждая ситуация предлагает свой их «набор».

Если честно, было трудно, а иногда почти невыносимо. Но я приняла решение освободиться от фобий любой ценой и, сжав зубы, прошла этот путь до конца — до победы.

Фобия — это отвлечение от цели. Фокус сбивается, и вы внезапно попадаете в некую тюрьму в собственном теле. Это примерно как резинка, прикрепленная к вашему прошлому, которая тянет вас назад, несмотря на все ваши старания идти вперед. Прошли несколько шагов и понимаете, что снова летите назад с еще большей скоростью. И опять и опять, пока не опустились руки, и вы не сказали: «Это мой крест на всю жизнь!» Я тоже так думала. Неправильно думала! Так думать — это соглашаться стать рабом, притом что вы можете быть свободным. Я много лет боролась с этой «резинкой», пока не взяла «ножницы» и не отрезала ее. Ножницы — это истина, правда, которую нужно знать для того, чтобы разоблачить неправду. Фобия же — это неправда, искаженный вид на будущее, взгляд через разбитое зеркало.

Возьмем такой случай: когда-то вы попали в аварию и теперь без страха не можете ездить на машине. Вы смотрите на каждую поездку через зеркало, которое разбила та прошлая авария. Скорее всего, теперь в нем одни осколки, поэтому всей картины не видно, и ваше отражение в нем испорчено, искажено. Как бы хотелось увидеть себя в нем уверенным, с улыбкой, смелым взглядом. Но это невозможно, просто невозможно, поэтому, в очередной раз садясь в машину, в осколках зеркала вы видите лишь отражение того страшного момента, когда вы пострадали и сильно испугались.

А что, если таких разбитых зеркал у вас много, например, одиннадцать, как у меня?

Согласно информации из Интернета, в мире насчитывается где-то около сорока тысяч видов фобий. Оказывается, мы очень подвержены нелогичному, искаженному страху. У каждого человека есть свой, скажем, аномальный страх. Мы можем даже не замечать и не понимать, почему в какой-то сфере мы неуверенны, постоянно избегаем чего-то. Нередко это считается просто чертой характера.

Мои фобии окружали меня со всех сторон, и я не могла считать себя полноценной, цельной — чувствовала себя разбитой, неуверенной, многого в жизни избегала, отказывалась, не делала.

Зато теперь понимаю таких людей: они всё воспринимают через призму сомнений, переживаний и недоверия.

Я никогда не скажу: *«Да ты просто не бойся!»* Или: *«Чего боишься, то́ и случится с тобой»* (см.: Иов 3:25) (кстати, эти слова из Библии многие неправильно трактуют). Правильнее будет сказать: *«Давай разберемся, поговорим»*.

Зачастую некоторые, не поняв, не выслушав до конца, с насмешкой вам говорят: *«А чего ты боишься? Да перестань, большая проблема что ли?»*

Попробуй расскажи таким людям о том, как, парализованный страхом, ты не можешь сдвинуться с места в собственной кровати, пошевелить головой или закричать. Тебе страшно до звона в ушах, у тебя сводит живот, немеют пальцы. Или кто тебя поймет, когда ты в ступоре стоишь перед лифтом, потому что у тебя страх закрытого помещения, клаустрофобия.

Расскажи, как тебя охватывает страх после того, как

услышал ужасные новости от врача. Всё тело немеет, в горле ком, и долгое время слова не связываются друг с другом. Ты как будто падаешь в глубокую яму, в которой нет дна, всё вокруг становится совсем другим, мир меняется. И начинается ежедневная борьба с ощущениями страха, волнами ужаса.

Неизвестность заводит в тупик...

Или когда в собственном доме каждые десять минут ты смотришь в дверной глазок и проверяешь, не стоит ли там убийца, а потом спишь с включенным светом. А ты взрослый, у тебя уже дети...

Или перед тем, как выйти на сцену, тебя тошнит, и кажется, что ты хуже всех. Помню, как выбежала из зала, опозорившись перед сотнями людей. Просто меня со сцены внезапно кто-то попросил выйти и рассказать о проекте, который мы тогда только запустили. Я сидела в первом ряду. И, когда меня позвали, я замерла, потом спрыгнула с места и убежала из зала, спряталась в темном углу коридора и разрыдалась. Тот человек, который попросил меня сказать слово, не знал о моих страхах.

Потом он же сказал: «Рената, ты будешь выступать перед людьми!» Я смотрела на него, как на космонавта в скафандре: с какой планеты ты прилетел? У меня столько страхов! Я никогда не смогу этого сделать!

Но семя было посеяно. И из того семени проросла жизнь. Прошло несколько лет, и я начала выступать перед народом! Сказанная мне истина освободила из рабства мое мышление. Внезапно в какой-то части моего искаженного зеркала произошло чудо: несколько разбитых кусочков сошлись в одно целое, и я что-то увидела!

Может, и нужно боящимся людям говорить о том, что

они будут делать то, чего они так боятся. Может, сказанные позитивные слова творят чудеса, может, вера в человека делает намного больше, чем укоры и насмешки?

Я вдруг поняла, что нередко страхом поражается именно та сфера, в которой мы имеем таланты или призвание Божье.

Я прочитала много книг о страхе. Мало было полезных, потому что их писали люди, его не пережившие. Была теория, теология. Но одно высказывание меня заставило глубоко задуматься. Джойс Майер сказала: «Делайте, даже когда боитесь». Эти слова стали для меня откровением, потому что я действовала по принципу «боюсь и потому не делаю». А тут наоборот. Это означало выйти из зоны комфорта — даже боясь, всё равно делать! Во что бы то ни стало, но делать!

Пришло время, и я пишу об этом книгу. Удивительно, правда? Когда я была скована страхами, у меня даже и мысли такой не было. Тогда у меня была единственная мечта — выжить в этом запутанном и сложном мире и не сойти с ума от мучительных страхов. Однако с годами я с ними разобралась, и теперь эта книга — удар по страху и его планам.

Когда вы понимаете, что есть реальные ответы, как победить страх, вы начинаете останавливать страх, а не он вас.

Ключом к этому является познание истины, данной нам Богом. В этой книге я открываю истины, которые освободили меня от одиннадцати видов страха.

«И позна́ете истину, и истина сделает вас свободными» (От Иоанна 8:32).

P.S. Вот вам совет: как можно скорее разберитесь со своими страхами, ведь через ваши поступки, слова, через ваш испуганный вид они передаются и вашим детям.

Свобода от страха меняет жизнь

Невозможно передать словами то ощущение, которое ты испытываешь, когда освобождаешься от стольких страхов! Как будто после долгой зимы пришла весна, и зацвели цветы. Или это похоже на тот момент, когда после долгих месяцев пребывания в больнице уезжаешь домой полностью здоровым. Момент, когда вдыхаешь не больничный воздух, а аромат деревьев, аромат жизни!

Чем раньше решишь освободиться от страха, тем скорее почувствуешь удивительную свободу новой жизни. Это будет словно весна после лютой зимы, словно дождь после многолетней засухи!

Примите волевое *решение* исследовать эту тему, разобраться в ней и найти ответы на вопросы:

Что такое страх? Откуда он взялся?

Как он действует, и почему он так мучит людей? Как навсегда преодолеть страх?

И главный вопрос:

Что вы уже сделали, чтобы сдвинуться с мертвой точки?

Данные вопросы многие годы постоянно звучали в моей голове. Сегодня я знаю ответы на все эти вопросы, поэтому постараюсь ответить на них подробно и понятно.

Сейчас я чувствую себя легко и дышу свободно. Вы спросите:

«А что же произошло?» Каждая глава в этой книге — это пройденный мною путь. Я не повторяю чьи-то слова и не переписываю услышанную проповедь.

Здесь моя жизнь.

Цена этой свободы очень высока. О ней я напишу в следующих главах. Она стоит того, чтобы идти до конца — до победы.

1

ОЧЕНЬ ВАЖНО!
СТРАХИ БЫВАЮТ РАЗНЫМИ

Я ДУМАЮ, ОЧЕНЬ ВАЖНО В САМОМ НАЧАЛЕ УПОМЯНУТЬ О ТОМ, что в этой книге будет говориться о мучительных многолетних страхах — фобиях. Я постаралась описать их. Чем же отличается страх от фобии?

Страх — это внутреннее состояние, обусловленное грозящим реальным или предполагаемым бедствием, которое может время от времени у нас возникать. Страх имеет логическое объяснение и зачастую связан с инстинктом самосохранения, или интуицией.

Фобия — боязнь, сутью которой является иррациональный, необъяснимый, беспричинный, неконтролируемый страх. Это устойчивое переживание излишней тревоги в определенных ситуациях или в присутствии (ожидании) некоего известного объекта.

Фобии преследуют человека годами, тогда как обычный страх лишь от случая к случаю возникает.

Если обычный страх (даже из чувства самосохранения) не контролировать и не обуздывать, он может постепенно превратиться в фобию. Самое грустное, что иногда люди свыкаются с фобиями и живут с ними годами, нередко всю жизнь. Свыкаются потому, что приняли состояние жертвы, смирились с «рабством», не имея ни сил, ни желания на то, чтобы освободиться. Боюсь и всё — примите этот как факт и смиритесь, потому что у меня всё равно ничего не изменится! Я понимаю таких людей. Но за жизнь без страха стоит побороться!

Как же определить, страх у меня или фобия? А может, у меня просто инстинкт самосохранения? А может, мне поможет пара таблеток?

Ниже я постаралась дать эти определения так, как я поняла это из *моих личных переживаний*.

Мучительный страх, фобия

- *не обоснован никакими фактами, зачастую в нем нет никакой логики, никакого объяснения, а если и есть, человек не в силах их принять и довериться им;*
- *лишает человека полноценной жизни;*
- *изнуряет морально и не дает покоя;*
- *изолирует, ограничивает общение, приводит человека к одиночеству;*
- *не дает сил для достижения определенных целей;*
- *заводит в тупик, вызывает ощущение безысходности;*
- *парализует не только душевно, но и физически;*
- *лишает здравого смысла и способствует принятию неправильных решений;*
- *приводит к очень низкой самооценке, неуверенности, нерешительности.*

Трусливый человек часто становится невыносим для окружающих.

Еще бывают страхи, вызванные медицинскими проблемами. Если мучают страхи, я бы посоветовала обратиться к врачу — иногда решение намного проще, чем мы думаем. Например, пропьете витамины, назначенные врачом, и страх пройдет. Но, перед тем как идти к врачу, я бы посоветовала сначала обратиться к Богу.

В подобных случаях я всегда молюсь и прошу Бога говорить через врача, запрещая в молитве лжи и обману приходить через его уста. Благословляйте врачей — многие из них чудесный инструмент в руках Божьих для нашей же пользы. Правда, некоторые из них могут совершать ошибки, поэтому молитесь перед тем, как идти к ним, благословляйте их.

Я не медик и могу ошибаться, но *лично для себя я узнала*, что страх может появиться

- *от нехватки минералов и витаминов;*
- *от обезвоживания;*
- *от стресса, переживаний;*
- *от недосыпания;*
- *от переедания;*
- *от нарушений нервной системы, приступов эпилепсии;*
- *от нарушения функции щитовидной железы;*
- *от разных психологических нарушений и других медицинских проблем, о которых вы можете узнать, спросив вашего врача.*

*Есть и **правильные** страхи.*

- *Страх перед Богом* — не грешить, а *страх перед властью* — понимать, что неправильные поступки имеют последствия.

«Не страх ли Божий дает тебе уверенность, и непорочность твоих путей — надежду?» (Иов 4:6, Современный перевод Российского Библейского общества).

- *Страх как чувство самосохранения.* Мы осторожны в опасных ситуациях. Например, если на человека мчится машина, от страха он отпрыгивает в сторону. Это очень нужный страх. Страшно стоять на краю обрыва — тоже правильный страх.

У некоторых, правда, такой страх отсутствует. Это о тех, кто рискует жизнью ради славы или денег. Например, ради селфи люди оказываются вблизи опасных объектов или на них.

Нужно обратить внимание на то, что страх самосохранения дан нам не зря, не впустую.

- *Страх потери близких.* Он вынуждает нас заботиться о близких и помогает не упускать опасные моменты, когда, например, при появлении каких-то тревожных симптомов мы просим друг друга провериться у врача, начинаем молиться. Появляется страх, что мы можем потерять родного человека, и это заставляет нас действовать. Важно благословлять своих родных, видеть их в своем сердце здоровыми, надеяться на лучшее.

Или, например, бодрствование над ребенком: мама проверяет, дышит ли ее младенец во сне. Все мамы это делают. Я-то думала, что я такая одна. Оказалось, нас таких много. Нам страшно, что ребенок может задохнуться во сне, и мы проверяем, не уткнулся ли он носиком в подушку, поправляем одеяло. Ребенок еще пока беспомощен, поэтому страх в мамином сердце может спасти ему жизнь. Когда малыш начнет контролировать процесс сна — самостоятельно сможет убрать одеялко с личика, поправить подушку, *эти* мамины страхи уже должны уйти. Конечно, мама всегда беспокоится о ребенке — это естественно. Но, когда страх становится мучительной вечной паникой, тут уже проблема. Конечно, желательно остановиться, задуматься и разобраться.

Эмоции нужно контролировать — переживаниями всё равно ничего не изменишь. Однако не всегда это получается. И вот тут на помощь приходит молитва! Даже неверующие мамы часто молятся о детях как умеют.

Страхи имеют разные причины и источники.

В следующих главах я постараюсь подробнее написать об этом. Знать причины важно, потому что иногда просто нужно перестать делать то, что мы делали раньше, например, смотреть фильмы ужасов. Но не всегда мы можем установить причины. Главное — найти ответ, при каких *наших* действиях страх оставит нас.

«Ибо всякий просящий получает, и ищущий находит, и стучащему отворят» (От Матфея 7:8).

2

БОЛЬНЕЕ, ЧЕМ РАНА

ПРОСТО НЕ БОЙСЯ! А КАК ЭТО?

Я никогда не забуду девочку двенадцати лет, за которую однажды молилась. Она вышла для молитвы и, не успев сказать и пары слов, расплакалась. Происходившее выглядело так, будто кто-то многие годы мучил ее, и у нее не осталось никакой надежды на помощь и избавление. Сквозь слезы она прошептала: «Я очень сильно боюсь...»

Я обняла ее и заплакала вместе с ней. Мое сердце разрывалась от сострадания, но одновременно внутри меня возникло и негодование на то, что мучило эту маленькую хрупкую девочку. Ее жизнь только началась, а она уже была в рабстве. Я плакала, потому что когда-то тоже была в таком же состоянии, что и она: в поражении, в мучениях, в унижении, в рабстве у страха. И никто мне не мог помочь — в своих проблемах я была одна, а люди только и могли сказать: «*Возьми и не бойся!*» — и всё.

Попробуйте сказать человеку, находящемуся в заключении: «*Выйди из тюрьмы!*» Сказать-то легко, да попробуй сделать.

Примечательно, что когда человек выходит для молитвы против страха, то чаще всего он плачет. Плачет потому, что страх поставил его в безвыходное положение — и не на час и не на месяц, а на многие годы. И очень часто это происходит еще в раннем детстве. Но здесь уже не страх, а фобия, хотя многие боящиеся об этом даже и не подозревают.

Как я уже раньше говорила, нередко страх мучит сильнее и причиняет больше страданий, чем тяжелая физическая болезнь. При физической болезни можно принимать болеутоляющие средства, да и многие болезни можно вылечить. Человек в состоянии хотя бы приблизительно понимать, что с ним происходит, знать развитие своей болезни, следить за этим процессом. Болезнь обычно можно увидеть своими глазами или посредством анализов, в конце концов, ее можно вылечить.

Со страхом всё совсем по-другому. Страх — это нечто неизвестное, а это и есть самое сложное для человека. Неизвестность заключается в том, что человек абсолютно не в состоянии предугадать, когда страх вновь начнет мучить его, и в какой момент где-то глубоко внутри в очередной раз возникнет леденящее душу чувство, расползаясь затем по всему телу и заполняя всё от макушки до пят.

Страх приходит незаметно и живет в человеке тайно, а мучение от страха буквально выводит из себя. Человек не может принять лекарство от страха (если это фобия) или наложить на него пластырь, не может схватить его за горло и прижать к стенке.

«...*потому что в страхе есть мучение...*» (1-е Иоанна 4:18).

Зачастую именно бессилие, безысходность и

неизвестность вызывают ложное смирение, и человек соглашается с этим. Он мучается, страдает и думает, что это его крест, который он будет нести всю жизнь.

Когда кто-то страдает от страха, никакие логические доводы не помогают. Почему, когда мы говорим ребенку: «Не бойся, делай!», мы чаще всего слышим в ответ: *«Нет! Я не могу, я боюсь»*? И ничего не помогает: уговоры заканчиваются слезами отчаяния не только у ребенка, но и у родителей.

Почему человек упорно отказывается что-то делать даже тогда, когда всем остальным это кажется простым и легким? Да просто он, скованный страхом, не в состоянии принимать здравые решения. Голос страха почему-то намного громче, чем логические доводы или уговоры. Когда что-то происходит, и страх и ужас переполняют человека, он не знает, куда бежать, что делать и что говорить. Именно поэтому первые действия и оказываются столь медлительны и неуклюжи, хотя действовать нужно быстро.

Я помню, как тонула наша дочь Ребека. Ей было около пяти лет. Мы всей семьей приехали в бассейн и расположились в той его части, где воды было буквально по колено. Когда я в очередной раз посмотрела в сторону дочери, то увидела ее под водой. Оказалось, что в том месте была ступенька, за которой уровень воды резко менялся, но никакого предупреждения не было. Я отпустила маленького Ричарда и попыталась побежать к Ребеке, но не смогла сдвинуться с места: ноги словно сковало — мне казалось, будто я стою не в воде, а в цементе. Страх полностью парализовал меня. Слава Богу, что рядом оказался спасатель, который быстро вытащил девочку из воды. Всё обошлось. Бог знал о моей беде. Он пришел на помощь и не позволил случиться несчастью.

Чувство страха настолько лишает человека здравомыслия, что даже крайне опасная ситуация зачастую не способна отрезвить его, снять скованность. Вы наверняка слышали историю о женщине и маленькой девочке, которые шли по берегу реки. Девочка споткнулась и упала в воду. А у мамы был непреодолимый страх глубины. Она кричала, звала на помощь, но, когда люди прибежали, было уже поздно. А воды там оказалось... по пояс.

Слова *«Просто не бойся!»* для таких людей, как эта мама, приносят больше огорчения и разочарования, чем поддержки. Это как сорвать листочек с дерева. Листочек-то сорван, а в сердце по-прежнему целое дерево с глубокими корнями. Данные слова больше подходят для ободрения в тех ситуациях, которые нечасто повторяются, например, перед экзаменом.

Но если человек годами страдает от страхов, то эти слова звучат как укор его слабости или несостоятельности.

3
МНЕ НАДОЕЛО БОЯТЬСЯ

Я БЫЛА УВЕРЕНА, ЧТО ЕСЛИ НОЧЬЮ ОСТАНУСЬ ДОМА ОДНА, ТО поседею от страха или сойду с ума. И, когда такое случалось, я включала свет по всему дому и всю ночь сидела, свернувшись калачиком на диване. А когда купалась в бассейне или в море, то никогда не заплывала на глубину, а плескалась на берегу с малышами. И это лишь небольшая часть всего, чего я так боялась. Я даже не представляла, как можно избавиться от всех этих страхов, — какое-то просто безнадежное положение. Люди говорили: «*Не бойся*», или: «*Ты уже не маленькая*», «*Не будь трусихой*», но они не знали, что для победы над всеми страхами, крепко сидящими внутри меня, нужно Божье чудо. И так было до тридцати двух лет.

Бывают такие моменты, когда что-то настолько тебе надоедает, что вызывает чувство тошноты. Меня буквально тошнило от утомительного страха, и я готова была физически расправиться с ним. Но это было невозможно.

Физически победить страх нельзя, если только он не имеет медицинских причин.

Поверьте, за тридцать два года цепи, опутывающие ноги, могут действительно сильно надоесть. Каждый раз, когда ты готов сделать следующий шаг, эти цепи дают о себе знать тяжестью, скованностью, болью.

Рабство страха — нечто невыносимое и унизительное. Ты вечно чувствуешь себя каким-то не таким, плохим, неполноценным. И всегда кажется, что ты такой один. Хотя и это неправда. Миллионы людей страдают от страхов. Страх и ложь очень близки. Люди лгут от страха. *Страх — это очки, у которых вместо стекла — ложь.*

Я не могла понять, почему всё так сложно в жизни: почему почти всё, что я строю, делаю, над чем тружусь, разваливается, и я не в силах быть такой, какой хотела бы быть.

У меня было одиннадцать видов страха, и они не появились все сразу. Вначале страх воздействовал на меня, когда я была маленькой. Затем, когда я стала подростком. Далее, когда вышла замуж и стала мамой. И всё это время страх постепенно разрастался и распространялся на все сферы моей жизни. Это как рак: вначале появляются свободные радикалы, затем они группируются, а потом, создав очаг, расползаются по всему организму. Конечно, моя жизнь не была уж столь безнадежной — Бог благословлял и помогал мне, но через очки лжи я не могла этого увидеть.

Страх можно сравнить со стеной, которая отделяла меня от полноценной жизни. И эта стена своей жуткой тенью накрывала мою жизнь. Я устала. Мне опротивело быть жертвой страха. Но вот наступил момент, когда я остановилась и переосмыслила всё, что происходит. На одну чашу весов я положила страх, а на другую — полноценную жизнь. Весы показали неутешительный результат: страх перевешивает!

Должна признаться, что иногда я была очень упряма: не всегда сразу делала то, что нужно было делать, хотя знала, что бездействие причинит еще больший вред и лишь оттянет момент освобождения от страха.

Однако я всем сердцем верю, что ваше освобождение произойдет быстро, и вы получите свободу от страха. Ведь легче шагать по проторенной дорожке, чем пробираться по зарослям в темноте. Я хочу взять вас за руку и помочь вам дойти.

Вы сможете, вот увидите!

Я готова была сделать всё, что от меня требуется, только бы этот страх отстал от меня! Но ничего такого сложного делать и не пришлось.

Всё началось с молитвы — с честного разговора с Богом. Я признала перед Ним свою слабость, рассказала Ему, как Отцу, простыми словами о том, что со мной происходит, и что мне очень сильно нужна Его помощь. Он взял меня за руку и снарядил для духовной битвы.

Наконец-то, я поняла, что во мне есть сила Божья, способная победить страх, что я борюсь не одна. Иисус встал рядом со мною, и мы пошли вместе туда, где я еще не ходила.

4
ТО, ЧЕГО БОИШЬСЯ, С ТОБОЙ И СЛУЧИТСЯ?

Много раз в проповедях или в книгах мне встречалась фраза из Книги Иова:

«Ибо ужасное, чего я ужасался, тó и постигло меня; и чего я боялся, тó и пришло ко мне» (Иов 3:25).

Я уже была на пути к полной свободе от страха, как эти слова снова и снова сбивали меня с толку. Неужели всё зря? Неужели все мои старания напрасны только из-за того, что иногда мне всё так же страшно? Если я еще не до конца победила страх, неужели я не могу быть в безопасности, и со мной случится тó, чего я боюсь? Я решила в этом разобраться, молилась и спрашивала у Бога: «Разве тó, чего я боюсь, со мной и произойдет? Если у меня одиннадцать страхов, значит у меня произойдет одиннадцать плохих вещей? То есть со мной случится всё, чего я боюсь?» Ответ на этот вопрос был ободряющим!

Книга Иова — удивительная, поучительная и в некотором смысле шокирующая история жизни одного Божьего человека. Вот что Господь сказал о нем:

«...ибо нет такого, как он, на земле: человек непорочный, справедливый, богобоязненный и удаляющийся от зла» (Иов 1:8).

Эта история примечательна тем, что Господь позволил сатане воздействовать на жизнь Иова. Не Он Сам погубил, а *позволил* сатане делать то, что тот задумал. А что нового враг придумает? Погибли все дети Иова, было потеряно всё имущество, а сам он заболел страшной неизлечимой болезнью — проказой. Я много размышляла над этой историей, анализировала, пересматривала Ветхий и Новый Заветы.

Во-первых, все эти бедствия произошли с Иовом не из-за его страхов, а как результат известного нам диалога Господа с сатаной. Во-вторых, это было до Нового Завета, в котором Бог общается с нами на основании жертвы Иисуса Христа.

Поэтому я хочу бросить вызов тем, кто использует данный стих из Книги Иова, укоряя тех, кого мучит страх. В конце концов, разве есть кто-то, кто не боится потерять детей, семью, дом, здоровье? Но ведь это не означает, что все, кто этого боится, их и потеряют. Подобными словами вы угрожаете человеку, а не помогаете.

Запомните: страдающему страхом человеку нужно помочь найти выход из проблемы, а не указать на закрытые двери. Зачастую это могут быть часы разговора, молитвы и поддержки. Следите за тем, что советуете или говорите таким людям. Они уже страдают, зачем их обвинять или пугать? Это *всё равно не поможет*, лишь навредит.

Бог проявился в моей жизни особенным образом. Я знаю, что вся Библия богодухновенна, и вижу в своей жизни подтверждение этому. И я не хочу, чтобы один стих, вырванный из контекста, затмевал истинный Божий характер. Я страдала от страха около тридцати лет. И не просто боялась, а была парализована страхом настолько, что порой мне казалось, будто я теряю сознание.

В детстве я спала в одной комнате со старшей сестрой, но на меня нападал такой страх, что я вскакивала и изо всех сил мчалась к маме или бабушке. Я видела тени людей, мне снились страшные сны. Надо мной смеялись подруги из-за того, что даже днем я не могла оставаться одна в помещении.

Страх многие годы изнурял и истощал меня. Чего же я боялась больше всего? Того, что, если я останусь одна, кто-то придет и убьет меня, или я поседею от страха и сойду с ума. От самой мысли остаться дома одной леденела душа.

В шестнадцать лет я пришла в церковь, приняла Иисуса как Господа и начала новую потрясающую жизнь. Но страх врос в меня так сильно, что я не верила, что Бог силен освободить меня. Понадобилось немало лет для того, чтобы понять, что я могу полностью довериться Ему. Я верю, что, когда Бог начнет освобождать вас от страха, вы не будете так же упорно сопротивляться Ему, как это делала я.

Я знала, что Бог велит мне предпринять определенные действия, но оттягивала время. Я боялась, что, послушавшись Его, я вновь испытаю это ужасное чувство. Например, я боялась оставаться дома одна, когда муж уезжал в командировку.

Я знала, что мне нужно взять пост, молиться и оставаться дома одной, потому что Господь сохранит, и ничего плохого не случится. Но я так боялась снова испытать это чувство ужаса, безысходности, слабости и бессилия, что мне было удобнее пригласить подруг на ночной девичник. К своему стыду, этими девичниками я прикрывала страх.

Бог терпеливо учил меня и вел к освобождению. То мне попадались книги о страхе, то я *случайно* включала передачи или слышала проповеди на эту тему.

Освобождение от страха произошло невероятно и удивительно! Мне даже сейчас хочется плакать от благодарности и признательности к Богу за то, что Он это совершил! (Об освобождении я пишу в главе «Наступило то утро».) И совершил Он это так удивительно — столь терпеливо, осторожно, шаг за шагом, слово за словом, как может сделать только любящий Отец.

А самое главное — это то (и сегодня я это вижу), что, когда я боялась, Он никому не позволял причинить мне зло. Если тот стих из Книги Иова принять буквально, то меня давно уже должны были убить, или я должна была поседеть или сойти с ума. Но я жива, совершенно здорова, с черными, как смоль, волосами (мне сейчас сорок четыре) и в здравом уме, что даже могу писать эту книгу!

Я верю, что Бог — мой Отец. А какой отец, если его ребенок боится, скажем, собаки, бросит его в собачий вольер, чтобы проучить его и наказать за то, что он боится? Наоборот, отец будет оберегать свое дитя и, если рядом вдруг окажется собака, возьмет руку сына в свою крепкую отцовскую руку и своим примером научит его побеждать страх.

Так и Бог никогда не отвернется от идущих к Нему за помощью и, уж тем более, не будет наказывать за те слабости, от которых человек всеми силами пытается освободиться!

Что же можно сказать про эти слова из Книги Иова? Кто не боится потерять детей или заболеть страшной болезнью? Ко всем родителям иногда приходят такие мысли, и большего горя, чем потерять детей, и представить себе нельзя! У всех бывают подобные страхи, но не все же теряют детей или заболевают страшными болезнями из-за того, что боятся этого! Следовательно, строить на одном этом стихе целое учение о неизбежности страданий и потерь просто недопустимо!

Действительно, страхи нечестивых людей часто исполняются, как написано:

«Чего страшится нечестивый, то и постигнет его, а желание праведников исполнится» (Притчи 10:24).

А когда верующий просит у Бога помощи, но спотыкается, когда у него не получается верить, или он очень медленно идёт к освобождению, Он терпеливо ждёт и ведёт человека. Он не пугает боящегося и не ухудшает здоровье у просящего исцеления. Бог нас сотворил, Он знает наши слабости и видит наше сердце. Про Иисуса сказано:

«Трости надломленной не переломит, и льна курящегося не угасит; будет производить суд по истине» (Исаия 42:3).

Так что можно смело сказать, что Бог не убивает, не крадёт и никого не искушает, как написал Иаков:

«В искушении никто не говори: „Бог меня искушает“: потому что Бог не искушается злом и Сам не искушает никого» (Иакова 1:13).

Бывают случаи, когда погибают верующие, умирают дети, случаются трагедии. Почему это происходит? На земле есть грех, зло, дьявол, проклятие. Чего-то мы не знаем, что-то нам открыто не до конца.

5
ЭВРИКА!
МОМЕНТ ПРОРЫВА

Я СДЕЛАЛА СПИСОК ВСЕГО, ЧЕГО БОЯЛАСЬ. Получилось одиннадцать пунктов. Первый пункт — *страх смерти*. Именно этот страх — источник почти всех страхов.

Смерть бывает физическая, душевная, духовная. Это самое страшное для нас, людей. Мы хотим жить. Все заложенные в нас инстинкты, вся внутренность защищают нас от смерти. Даже боль напоминает нам: подлечи раненую ногу, а то можешь ее потерять. Мы боимся сойти с ума, потому что для нас это равносильно душевной смерти. И мы делаем всё, чтобы уберечь свою жизнь от опасностей.

Но, поверьте, страх смерти можно преодолеть. Об этом подробнее я пишу ниже.

Думаю, что у многих людей данный список гораздо длиннее. Каждый человек неосознанно верит какой-то лжи. Мы живем и даже не представляем, как много лжи утвердилось в нашем разуме, корнями вросло в наши мысли. Поэтому нужно просить Бога, чтобы Он помог обнаружить и вырвать с корнями каждый страх из нашего сознания, чтобы пролил Свой свет на тайные уголки жизни.

Я молилась и просила Господа открыть мне те сферы, где я поверила лжи и впустила страх.

Вот список моих страхов:

1. *Страх смерти, страх нападения убийцы*
2. *Страх летать самолетами, боязнь высоты*
3. *Страх спать ночью, боязнь темноты*
4. *Страх оставаться дома одной*
5. *Страх чьего-то присутствия за спиной*
6. *Страх смерти собственных детей*
7. *Страх сильного ветра*
8. *Страх глубины моря и воды*
9. *Страх быть отвергнутой*
10. *Страх сойти с ума*
11. *Страх сцены, выступлений перед людьми*

В этом списке самые разнообразные страхи. Еще могу написать список маленьких страхов, например, боязнь пауков — арахнофобия. Но не хочу утомлять вас, ведь это не так уж и важно. А знаете, какая самая распространенная фобия на земле? Апифобия — страх перед пчелами и осами, перед их укусами. Эта фобия — одна из самых часто встречающихся среди людей, которые подвергались нападению этих насекомых.

Так вот, одни страхи проявлялись в моей жизни отчетливее, другие вели себя тише. Но каждый из них доставлял мне мучение и неудобство. Самый большой прорыв в этой ситуации случился именно тогда, когда я поняла, что нужно сделать список страхов, — как будто свет пролился на тьму. Потом я решила из этого списка выделить самый главный, самый мучительный страх. Страх всех страхов. Корень, питающий целое дерево страхов.

Первое место занял страх смерти и вместе с ним — страх дома спать ночью одной, страх темноты.

Ненавижу то, что со мной делал этот страх. Я мучилась, это меня унижало, я думала, что я одна такая. Я думала, как мне победить одиннадцать страхов? Нет у меня таких сверхсил...

Бог дал понимание. Вот здесь хочу пояснить, что означает

«Бог дал понимание». Бог говорит людям через Библию, Духом Святым открывая сокрытые истины: говорит через людей, через ситуации, через проповеди и по нашим молитвам дает понимание в сердце. Откровение — это как в темной комнате включился бы свет, как открытие Архимеда: «Эврика!» (нашёл! (*греч.*). — *Примеч. ред.*). Мы думаем, что это мы придумали, но чаще всего это откровение с небес — Бог так говорит с нами.

Так вот, «Эврика!» относительно страхов случилась тогда, когда я сделала список страхов, а потом выделила главный из них.

Когда я поняла, *что главный страх — это и есть корень всех страхов.*

Поняла, что *не нужно* бороться со всеми страхами сразу, нужно начать с корня. С главного страха. И не рубить дерево под корень, а выкорчевать этот самый корень со всеми приставшими к нему букашками и червяками. Тогда дерево, приносящее горькие плоды, и засохнет, и ветки перестанут плодоносить. Я поняла, что много лет лишь обрубала ветки, а ничего не менялось — дерево росло и росло. Честно, иногда казалось, что сойду с ума, так было тяжело.

Есть один стих в Библии, который тоже осенил мой разум, и я поняла нечто очень важное.

«И познáете истину, и истина сделает вас свободными» (От Иоанна 8:32).

Главное, что я поняла из этого стиха, что я могу познать истину. Что это возможно и доступно. Еще напомню, что страх состоит из лжи. В страхе нет правды. Поэтому познание истины — это уже путь к освобождению. Например, истина в том, что мучительный страх — не от Бога. В Боге нет никакой тьмы. Он есть свет.

«Ибо дал нам Бог не дух страха, а дух силы и любви и целомудрия» (2-е Тимофею 1:7).

«И вот благовестие, которое мы слышали от Него и возвещаем вам: Бог — это свет, и в Нем нет никакой тьмы» (1-е Иоанна 1:5).

Еще я отделила себя от страха. Я — это я, а страх — это страх. Мысленно отделите себя от страха. Осознайте, что он ваш враг. А с врагом — как с врагом.
Вместе разберемся!

6
СТРАХ — ЭТО ДУХ?
ОТВЕТЫ ПАСТОРОВ И СЛУЖИТЕЛЕЙ

Эта глава, возможно, самая сложная во всей книге, но, скорее всего, и самая важная. Я пишу о страхе как о чем-то, мною пережитом, — об опыте, мыслях, откровениях. Но мне сложно всё это подтвердить теологией. Однако многим людям для принятия истины нужно больше, чем рассказ о жизни. Поэтому я попросила нескольких уважаемых пастырей поделиться своими знаниями — тем, что они получили через образование, изучение Библии.

Александр Шевченко, пастор церкви «Дом хлеба» (Сакраменто, штат Калифорния)

«Страх является одним из самых распространенных орудий дьявола и *всегда* основывается на лжи. Не будет ошибкой утверждать, что страх и ложь — это основные инструменты, посредством которых дьявол манипулирует сознанием людей. Если бы человек знал правду, он бы ничего не боялся. Истина освобождает, а ложь порабощает. При всяком соприкосновении с духовным миром вера человека играет важную роль. Меня всегда удивлял тот факт, что, совершая чудеса, Христос акцентировал внимание не на Себе, а на *вере* человека, утверждая: „Вера твоя спасла тебя". В противовес Богу дьявол всегда лжет и, *„когда говорит он ложь, говорит свое, ибо он лжец и отец лжи" (От Иоанна 8:44)*. Это потому, что у дьявола нет ничего доброго, к чему бы люди сами тянулись. Похоже, при всей своей гордыне он не брезгует подобными низкими методами контроля над своими подданными. Если бы не манипуляции, запугивания и ложь, то его царство давно бы само распалось.

Разумеется, ни один человек не заинтересован верить в ложь, чтобы самому себе вредить. Но при этом удивляет, что он готов верить информации, которая порой противоречит здравому смыслу. Слово „суеверие" образовано с помощью наречия „суе", или „всуе", — „напрасно, тщетно". Другими словами, суеверие — это вера в пустое, в ничто, в ложь. Словарь Владимира Даля определяет суеверие как „веру в причину и последствие, где никакой причинной связи не видно".

Несмотря на это, существует множество примет о деньгах, дороге, погоде, животных, для водителей, для беременных, для студентов и пр. На самом же деле происходит то, что своей верой в приметы человек сам открывает дверь для демонического мира. Следовательно, веруя в ложь, предлагаемую дьяволом, он теперь вынужден следовать его предписаниям, иначе его постигнет неудача или несчастный случай. И уже не столь важно, следует ли человек приметам или нет: если он *верит* в подобные вещи, в его жизни начинают происходить непонятные вещи, которые как раз и утверждают его в том, что между приметами и его личной жизнью существует прямая взаимосвязь. Незаметно откровенная ложь в жизни суеверного человека становится „правдой"! И, как следствие, такого человека бывает уже тяжело убедить в том, что между черной кошкой, 13-м числом и его несчастным случаем нет никакой взаимосвязи, потому что он будет рассказывать историю за историей, доказывая обратное.

Круг замыкается. Очередная жертва страха оказывается в ловушке. Такой человек не может не верить в ложь, потому что дьявол убедил его в том, что если он не будет следовать его предписаниям, то это плохо закончится. В свою очередь, основываясь на вере человека, дьявол начинает управлять своей жертвой, посылая навстречу странных людей, создавая необъяснимые приключения, которые всё больше и больше развивают разные степени и виды фобий в душе несчастного человека.

Выход из лабиринта страха кроется в Истине:

„А как дети причастны плоти и крови, то и Он также воспринял оные, дабы смертью лишить силы имеющего державу смерти, то есть, диавола, и избавить тех, которые от страха смерти чрез всю жизнь были подвержены рабству" (К Евреям 2:14,15).

„Для сего-то и явился Сын Божий, чтобы разрушить дела дьявола" (1-е Иоанна 3:8б) и *„отпустить измученных на свободу"* (От Луки 4:18). Именно это и произошло на Голгофском кресте 2000 лет назад! Поэтому *„...дал нам Бог духа не боязни, но силы и любви и целомудрия"* (2-е Тимофею 1:7).».

Рик Реннер, пастор церкви «Благая весть» (Москва)

«В Новом Завете есть два греческих слова, обозначающих страх. Первое слово — *„фобос"* (phobos), по-русски — *„страх"*. Оно описывает постоянный *панический страх, который вызывает состояние ужаса и паники*. Отсюда происходит и слово *„фобия" — страх, который может парализовать человека, испытывающего подобные переживания*. Это ограничивает человека делать что-либо новое или обязательное.

Второе греческое слово — это *„дейлос"* (deilos), которое означает *„быть трусливым, стеснительным, боязливым"*. Апостол Павел использует данное слово вместе со словом *„дух"* во Втором послании к Тимофею 1:7, когда пишет о духе страха. Это духовный страх, производимый злым духовным источником: он делает человека таким боязливым, что тот прибегает к самозащите.

Оба страха *фобос* и *дейлос* могут быть результатом действия злого духа в происшедших опасных обстоятельствах, которые заставляют человека впадать в состояние паники, использовать самозащиту».

Поднюк Сергей Сергеевич, заместитель епископа ОЦХвЕ в РБ, ректор теологического института ХвЕ, доктор богословия, доктор философских наук

«Дело в том, что страх — это эмоция и состояние человека (духа человека). А вызван страх может быть разными причинами: бесовским духом, который мучит и пугает человека; словами другого человека (запугивание или рассказ страшных историй); опасениями или комплексами, например, боязнью быть высмеянным, говорить публично и т. п.; объективными причинами — нахождением на высоте, какой-то страшной ситуацией, тем, что мы называем *правильным* страхом (инстинктом самосохранения), помогающим избежать опасности. А еще есть страх Божий — боязнь сделать зло, чтобы не обидеть Бога, так как мы любим Его, ценим отношения с Ним и не хотим, чтобы грех создал барьер.

Итак, всё зависит от ситуации и контекста обстоятельств, в которых возникает страх. Поэтому нельзя сказать однозначно, что страх — это всегда бесовский дух. Однако постоянный страх, который мучит человека, страх из-за суеверий и т. п. — это чаще всего страх, вызванный действиями бесов.

В этом есть смысл и логика. Но еще раз повторю: надо смотреть на контекст. Нельзя, говоря о страхе, однозначно утверждать, что страх — это всегда бесовский дух. Хотя в определенных условиях и случаях страх действительно является действием такого духа.

Страх — это эмоция или эмоциональное переживание, ощущение тревоги, испытываемое человеком при возможной, мнимой или явно надвигающейся опасности. Страх побуждает совершать действия, которые помогут избежать опасности или удалиться от самого источника страха, но в некоторых случаях он парализует действия человека, вызывая реакцию онемения и покорности. У страха могут быть и вполне реальные причины, как, например, боязнь хищных животных, боязнь ядовитых змей, боязнь высоты. Имея подобный страх, человек будет избегать страшных животных или опасных мест. Страх же Божий — это ненависть к злу, по сути, страх потерять отношения с Богом, страх огорчить Его. Есть и мнимые страхи: боязнь выглядеть смешным, боязнь потерпеть неудачу, боязнь темноты и т. п. Иногда страх вызывают и бесовские действия, но это только в некоторых случаях, когда действует бесовский дух страха. В большинстве же своем страх — это эмоция, отклик на опасность.

А может ли в человеке быть дух страха от дьявола, бесовский дух, который по разным причинам входит в человека и живет внутри него?

Может. Но это либо у неверующих, либо у тех, кто отступил от Бога. Тот же, кто рожден свыше и находится в мире с Богом, не может быть одержим духом страха, хотя при этом и может подвергаться атакам извне. В таких случаях ему нужно противостоять этому твердой верой».

Питер Кулакевич, пастор церкви «Слово жизни» (василла, штат аляска)

«Страх, как и другие эмоции, реакции и грехи человека, при различных обстоятельствах и влияниях, часто духовных и демонических, имеет свойство расти и видоизменяться. Естественный аппетит может перерасти в бесконтрольное обжорство, ненависть — в убийство, издевательство — в садизм. Как правило, это происходит с людьми, которые живут без Бога или уходят от Него.

Повторение греха перерастает в зависимость и рабство, а эмоции страха — в состояние ужаса, мучений и страданий. Кстати, многие фильмы ужасов поставлены людьми с оккультной практикой. То есть зрителям передаются идеи, полученные из демонического мира, что и производит в них состояние страха, депрессии и мучения, потери мира, постоянного беспокойства.

Вначале человек может переживать внешнюю духовную депрессию, атаки на разум, чувства, настроение. Но, если он поддается этому, это может перерасти в одержимость духом страха.

В Ефесянам 4:27 говорится: „*И не давайте места диаволу*".

Духовная практика работы с людьми в вопросах освобождения от зависимостей показывает, что дух блуда, дух уныния и немощи, дух страха и другие нечистые духи — весьма распространенное явление. Но через молитву, используемую при изгнании бесов, и повеление именем Иисуса конкретно тому или другому духу люди получают освобождение. Но *выметенный дом* сразу же должен быть заполнен новым господином — Христом, Его Словом и живою верою.

„*Ибо дал нам Бог не духа страха, но силы и любви и целомудрия*" (2-е Тимофею 1:7).

„*Во Христе не имеет силы ни обрезание, ни необрезание, но вера, действующая любовью*" (К Галатам 5:6).».

Виктор Лебедь, пастор церкви «Нового Завета» (Сиэтл, штат вашингтон)

«В нашей жизни встречаются горы проблем, и очень часто вместо решения приходит страх, а он, как мы знаем, парализует нашу жизнь на всех уровнях. Через страх дьявол лишает нас силы.

С годами ко мне пришло понимание, что в жизни встречается несколько ярко выраженных страхов:

1. *Страх человеческий* — страх перед людьми: а что люди скажут? Этот страх сковывает человека и забирает свободу

во Христе Иисусе. Человеческий страх приводит к манипуляции: люди видят, что вы боитесь, и начинают вами манипулировать, например, используют шантаж.

Если хотите, можете оставаться рабом страха, а если нет, можете освободиться от этого.

Нередко люди боятся обидеть тех, кто манипулирует ими. Но наш Господь призвал нас к свободе на всех уровнях.

2. *Страх от дьявола.* Этот „господин" имеет огромный опыт влияния на людей посредством страха. Через страх дьявол воздействует на верующих так же, как и на неверующих. Но неверующие не знают, как от этого избавиться, обращаются к психологам. Мы нередко видим, что даже детям рекомендуют антидепрессанты. К сожалению, и некоторые верующие обращаются к врачам, чтобы чувствовать себя лучше.

А что Божье Слово говорит об этом? *„В любви нет страха, но совершенная любовь изгоняет страх, потому что в страхе есть мучение; боящийся не совершенен в любви"* (1-е Иоанна 4:18).

Есть разные взгляды в отношении страха. Одни говорят: *„Ты боишься, потому что ты еще младенец".* А я думаю, что в младенчестве ребенок вообще ничего не боится, потому что есть кому о нем заботиться.

Другие заявляют: *„Это всё твои эмоции",* или: *„Да это твой незрелый характер"* и т. п.

Многие отрицают, что страх — это дух. Однако мы говорим сейчас о дьявольском страхе, о демоническом. В моем понимании, все верующие подвергаются атакам демонического страха, но не у всех одинаковая реакция на подобные атаки. Например, врач поставил вам диагноз: рак. Естественно, дьявол тут же внушает страх, и уже от вас зависит, позволите ли вы страху разрушать вас и вашу веру или нет. Что наполнит вашего внутреннего человека — депрессия от дьявола, или вы и ваше окружение встанете на Божьи обетования, начнете доверять Богу и прославлять Его?

Апостол Иоанн говорит, что совершенная любовь изгоняет страх, значит, за страхом стоит дух, которого можно изгнать.

Бог есть любовь, и Он живет в верующем человеке. Наше тело является храмом для Святого Духа, и Господь дал власть и силу верующему в Него противостоять всякому демоническому духу. Любой верующий может изгнать страх из своей жизни.

Вопрос: „А могут ли бесы войти в человека через страх?" Мой ответ: „Да, если он откроет дверь для этого духа". В моей практике было много случаев, когда через страх входили бесы, и люди не могли освободиться без посторонней помощи. Нужны были Божьи служители, которые имеют познания в этой области, и человек получал свободу.

Мы должны понимать, что нельзя консультировать бесов — их необходимо изгонять. Мой совет верующим: не поддавайтесь дьявольскому страху, не принимайте страх завтрашнего дня, страх за детей, за близких.

Слово Божье четко и ясно говорит: *„Если Бог за нас, кто против нас? <...> Кто будет обвинять избранных Божьих? Бог оправдывает [их]"* (К Римлянам 8:31б,33).

Да, страдания и трудности — это часть нашей жизни, но мы проходим всё это не в одиночку — у нас есть Господь и Его Слово, вдохновленное Святым Духом.

„Притом знаем, что любящим Бога, призванным по [Его] изволению, все содействует ко благу" (К Римлянам 8:28).

Мое желание и рекомендация Божьему народу таковы: во всех житейских ситуациях продолжайте доверять нашему Господу. К тому же, мы в теле Христовом, в Его церкви, — через нее Господь делает сверхъестественные дела и наипаче — Своему народу.

3. *Божий страх* — это самое лучшее, что мы можем в своей жизни иметь.

„Начало мудрости — страх Господень, и познание Святого — разум" (Притчи 9:10).

Там, где есть Божий страх, нет места страху от людей и от дьявола. Божий страх несет в себе абсолютную свободу от негативных атак в нашу жизнь.

Библия повествует нам о царе, который начал царствовать в шестнадцать лет, имя ему — Озия. Царство его длилось пятьдесят два года, и Господь благословлял его потому, что он имел страх Господень.

„И прибегал он к Богу во дни Захарии, поучавшего страху Божию; и в те дни, когда он прибегал к Господу, споспешествовал ему Бог" (2-я Паралипоменон 26:5).

Очень хорошая мысль — *„поучавшего страху Божию"*! Учитесь и живите в страхе Божьем и своим детям и следующему поколению передайте. Тогда ни человеческий, ни демонический страх не сможет повлиять ни на вас, ни на ваших детей. Божьих благословений вам!».

Благодарю каждого пастора за участие. Спасибо, что, несмотря на загруженный график, вы нашли время и пояснили, что такое страх. Очень интересные и полезные ответы. Спасибо!

Страх мучил меня много лет. Из своего опыта могу сказать, что, ощущая присутствие страха, я подсознательно понимала, что это бесовская личность. Она (эта бесовская личность) была *не во мне*, а *снаружи*, но своим присутствием создавала ощущение ужаса и паники внутри меня: в моем сердце появлялся жуткий дискомфорт, немели руки, болел живот, слабели ноги.

Конечно, трудно это описать, но было такое чувство, что эта бесовская личность целеустремленно осуществляет свои планы. Эта личность знала, что делает, и продолжала достигать своей цели. В моем понимании, за каждой фобией стоит своя бесовская личность — они по-разному ощущаются.

Это дух бесовский, который имеет армию разных видов мучительных страхов и приходит именно мучить, — дух дьявольский, ставящий перед собой цель украсть, убить и погубить.

«Вор приходит только для того, чтобы украсть, убить и погубить; Я [Иисус] пришел для того, чтоб имели жизнь и имели с избытком» (От Иоанна 10:10).

Цель страха — сделать человека боязливым, ограниченным, не способным мечтать.

Человек сам по себе не может производить фобии. Он — сосуд, который содержит в себе то, чем наполняется. Дверца в душу человека открывается страху через испуг, через увиденное, услышанное, пережитое. Какой-то момент или сюжет, чтото из увиденного — и страх начинает рисовать картинки в мыслях. И, если позволим, он начнет влиять на эмоции и дальше капля за каплей распылять яд, а затем разрастется как плесень.

Самое же главное то, что страх является *лжецом*.

Удивительно, но страх способен подделывать симптомы болезни, внушать, что с нами происходит нечто ужасное, что мы при смерти, и шансов на жизнь у нас нет. И вся эта ложь пробирается к нам через мысли. Подумали — и до смерти испугались!

Расскажу один пример из своей жизни.

Один раз я заснула на диване — просто решила отдохнуть. И только заснула, снится мне, что черная собака запрыгнула на меня и укусила меня за горло в том месте, где щитовидная железа. Я проснулась от сильного страха, было очень неприятно, но не обратила на это серьезного внимания. Через какое-то время я стала ночью задыхаться. Потом стало давить горло, стали выпадать волосы. Ночью стала часто просыпаться. Я посоветовалась с подругами, поспрашивала тех, у кого проблемы со щитовидной железой. Да, те же самые симптомы. Я сильно испугалась и решила обратиться к врачу. Сдала все анализы, проверили — всё отлично, щитовидка идеальная!

Я поняла, что это были атаки в виде симптомов, — страх пытался мне внушить болезнь. У него не получилось: я прогнала его со всеми симптомами, и всё пришло в норму. Стала спать спокойно, ушло удушье.

«Итак покоритесь Богу; противостаньте диаволу, и убежит от вас» (Иакова 4:7).

«Трезвитесь, бодрствуйте, потому что противник ваш диавол ходит, как рыкающий лев, ища, кого поглотить; противостойте ему твердою верою, зная, что такие же страдания случаются и с братьями вашими в мире» (1-е Петра 5:8,9).

Выводы: если симптомы ушли, страх ушел, значит было чему уходить. Если бы это были мои эмоции или медицинские проблемы, это бы было постоянно и не исчезло бы.

7
Я ХУЖЕ ДРУГИХ?

Первое, что происходит с человеком в состоянии страха, — это самоосуждение: «Я слабый, а все остальные сильнее и смелее меня. Я неудачник и боязлив, как маленький ребенок». Иногда так думают даже взрослые, с виду очень смелые и сильные, мужчины.

Однажды в конце служения мы молились за людей, мучимых страхом. Подошла очередь молиться за высокого мужчину спортивного телосложения. Я спросила: «А у вас что, есть страх?» Мне ответил не он сам, а его мама, стоявшая рядом с ним. Именно она привела его на эту молитву. Сам он стеснялся выйти и признать свою проблему. Она сказала, что его преследует страх, поэтому он не может спать без света. Я не удивилась. Этот лживый дух страха умеет побеждать даже физически очень сильных людей.

Что же дальше происходит?

Человек, видя, что не справляется со страхом или тревогой, начинает расстраиваться, осуждает себя, теряет радость и желание что-либо делать, а в итоге впадает в уныние. Страх нередко переходит в депрессию. Если человек оказывается неспособным контролировать свои эмоции, не справляется с внутренним состоянием, с тревогами и страхами, то он опускает руки и сдаётся. Депрессия, безразличие, а иногда даже и агрессия способны в дальнейшем разрушить жизнь человека до основания. И кто тогда сможет определить, что всё началось со страхов?

Я помню, как страх повергал меня в депрессию. Было такое ощущение, будто всё останавливается и жизнь куда-то испаряется. Хочется умереть, потому что кажется, что никому от тебя нет никакой пользы, что ты приносишь людям лишь страдания. Мысли, как стрелы с ядовитым наконечником, летят прямо в сердце. Ты — словно мишень.

Но давайте здесь остановимся.

Страхи обитают в мыслях. Наши мысли находятся в нашей же голове, и нам дана возможность руководить ими. Попробуем думать по-другому и повернем ход мыслей в другую сторону. Нам нужно как можно чаще пользоваться этой возможностью!

«Долготерпеливый лучше храброго, и владеющий собою лучше завоевателя города» (Притчи 16:32).

Владеющий собою лучше завоевателя города! Значит, можно владеть собою и контролировать свои мысли и чувства. Значит, можно запретить тому, что негативно влияет на нас и нас разрушает, это делать.

Человек имеет власть над своими мыслями!

Например, после того как папа умер от рака, я испугалась. Я боялась, что это может повториться у меня, у детей. Ведь во всех больничных анкетах был вопрос: «Болел ли кто-то из ваших родных раком?» Пугающий вопрос. И как-то незаметно я стала представлять себя лежащей в больнице, страдающей и умирающей. Эти мысли стали приходить всё чаще и чаще, пока не случилось кое-что очень важное. Мы с мужем полетели на конференцию. Из гостиницы мы должны были поехать на служение, но что-то меня сдерживало. Николай уехал, а я осталась одна. И тут Господь повел меня в сильнейшую молитву. В этой молитве была борьба, сильнейшая борьба с духом рака. Я как будто встала в проломе за всю нашу семью, за родных. Я молилась, чтобы эта болезнь ушла вместе с папой — к тому моменту он уже умер. Я молилась до тех пор, пока не получила подтверждение в моем духе, что... свершилось! И я стала размышлять.

Вера!

Вера в невидимое. Почему я часто вижу себя лежащей в больнице, умирающей. Я как будто проснулась: что я делаю? Я ведь верю в невидимое, а оно станет видимым.

Страх — это агент, шпион. Он приходит проверить нашу веру. И, если наша вера в болезнь очень сильна, страх ставит свой штамп: «Пропустить». Конечно, не всегда болезни приходят, потому что мы боялись. Но это одна из причин. Это первоначальная проверка, как бы стук в дверь.

И я решила быть на стороне Божьей веры, а не на стороне страха. Я стала проверять каждую мысль, каждое свое размышление, представление. Я работала очень усердно. Как только видела себя в больнице, в ту же секунду заставляла себя увидеть, что в больнице та же кровать пуста. Там меня нет и не будет. Я видела чистую, нетронутую постель. Меня там нет! Это моя вера в невидимое. Таким же образом я стала верить за детей — в разных ситуациях видеть то, что здраво, что приносит жизнь.

«...и пленяем всякое помышление в послушание Христу» (2-е Коринфянам 10:5).

Мы многое представляем: похороны детей, болезни, что-то, что может случиться. Представить и принять это в сердце — это тоже вера. Вера в негативное, вера в страх.

«Вера же есть осуществление ожидаемого и уверенность в невидимом» (К Евреям 11:1).

Вместо того что вы не хотите видеть, начните видеть то, что хотите. Это возможно. Над этим нужно работать. Не запускать мысли. Работать каждый день. Над каждой мыслью. Бог есть свет. Да будет свет над каждой мыслью! Иисус умер, а потом воскрес. Это и есть вера. Воскреснуть по-человечески, по нашему, невозможно. А по-Божьему — возможно.

Мы не можем понять всего, что происходит на этой земле. Глубоко верующие люди умирают, дети умирают. И много вопросов без ответов. Можно отчаянно говорить: «От меня ничего не зависит». Но Моисей, Авраам, апостолы Христа и многие люди веры не смирялись с тем, что происходит вокруг. Они шли против ветра. И я в своей жизни выбрала делать так: испытывать веру, погружаться в нее.

Я многого еще не знаю, но изучаю, чем и делюсь с вами. Нужно почитать и уважать ту веру, которую предлагает нам Библия, о которой говорил Иисус.

Веру, которую имел Авраам: он видел невидимое.

Веру, которая помогла Моисею и еврейскому народу пройти по морю, как по суше.

В Послании к Евреям глава 11 описывает героев веры. Я

хочу именно так верить — и познать веру глубже, шире и выше. Веру, которая с горчичное зерно.

«Ибо только Я знаю намерения, какие имею о вас, говорит Господь, намерения во благо, а не во зло, чтобы дать вам будущность и надежду. И воззовете ко Мне, и пойдете и помо́литесь Мне, и Я услышу вас; и взыщете Меня и найдете, если взыщете Меня всем сердцем вашим» (Иеремия 29:11–13).

Вы нужны своим близким, супругу, детям, родителям, друзьям! Вы еще можете изменить мир вокруг себя! Стоит бороться за свободу, за жизнь, за свое призвание! Страх — это всего лишь преграда на вашем пути. Нельзя остановиться перед этой преградой и провести у ее ног всю оставшуюся жизнь. Поднимитесь, разбегитесь и перепрыгните эту преграду, этот барьер страха — и результат будет просто потрясающим!

8
ГДЕ БЕРУТ НАЧАЛО НАШИ СТРАХИ?

Как страх проник в мою жизнь? Ведь было время, когда я не боялась!

Этот мир после грехопадения проклят. Ловушки стоят на нашем пути. Бог дал человеку свободный выбор, волю. Если мы выбираем идти за Ним, Он предлагает помощь. Если мы отказываемся, остаемся сами с собой.

Однажды я проснулась утром и стала размышлять о мухе, которая попала в паутину. Виновата ли муха, что она туда попала? Была ли она неосторожна? Или паутина слишком хитро устроена, что муха оказалась неспособна ее увидеть и предугадать опасность?

Ловушки дьявола для нас то же, что для мухи — паутина. Не всегда мы способны предугадывать...

Нам нужна помощь.

Поскольку страх имеет духовную подоплеку, нам нужен Бог, Который знает духовный мир.

«Бог [есть] дух...» (От Иоанна 4:24).

Дух страха приходит из ада, и господином его является дьявол, или сатана. Стратегия сатаны — заманить человека чем-то очень привлекательным, а потом погубить.

«Похоть же, зачав, рождает грех, а сделанный грех рождает смерть» (Иакова 1:15).

Например, наркотики привлекают людей таинственностью переживания и так называемым кайфом, однако расплата за это — погубленная жизнь, болезни и смерть. Как это связано со страхом? Например, вам захотелось адреналина, и вы решили посмотреть фильм ужасов. А фильмы ужасов — это концентрация зла, насилия и страха. Когда вы это смотрите, то открываете двери своего сердца и разума для воздействия страха. И это совсем небезобидно! В моей жизни страх появился именно от просмотра фильмов. Может показаться, что вы не боитесь и вам ничуть не страшно, но как только вы начали смотреть страшный фильм, душа, словно губка, начала впитывать в себя страх, злобу, ненависть. Всё, что вдохновлено дьяволом, окажет свое воздействие, которое рано или поздно проявится.

Откуда берутся маньяки и убийцы? Разве они родились такими? Они были милыми детками, но потом каким-то образом стали жертвой зла, и их жизнь наполнилась ненавистью. Что же произошло? Многие преступники винят в своих бедах родителей, плохих друзей или неудавшийся брак, но корень их бед находится гораздо глубже. Зло произросло из маленького семени, посаженного дьяволом, но никто этого не заметил и не принял должных мер, чтобы не дать этому семени прорасти. Если вовремя не остановить рост семени зла и ненависти, из него вырастет дерево, приносящее ужасные плоды.

Точно так же и со страхом: где-то в самом начале в душу было посеяно семя страха. Подобно тому как ветер разносит и разбрасывает семена растений, фильмы ужасов, жестокие боевики со сценами насилия и разврата, криминальные новости и даже мультики, где есть жестокость и страшилки, разбрасывают свои семена в незащищенные сердца взрослых и детей.

Дух страха может передаваться и от родителей. Именно они могут передать детям неуверенность, страх и сомнения. Например, если отец или мать каждый вечер будут по нескольку раз в страхе проверять все двери и окна, то и дети тоже начнут бояться. Для нас проявлять осторожность естественно, однако мы можем быть осторожными и без панического страха. Например, закрывая двери, мы можем говорить, что наша защита и охрана — Господь, или провозглашать благословение и благодарить Бога за то, что Он хранит нас. Ведь мы знаем, что замки нас не защищают — любой взломщик вам это подтвердит.

«...Если Господь не охранит города, напрасно бодрствует страж» (Псалтирь 126:1).

Это маленький пример, как страх и неуверенность переходят из поколения в поколение. Но кто-то ведь должен остановить поток. Может, это будете вы, и ваши дети уже не получат этого «наследия». А как его остановить?

Прощение!

Первый шаг — простить. Одна из самых принципиальных вещей в нашей жизни — простить своих обидчиков и последующими действиями подтвердить, что мы простили их и не держим на них зла. Ведь и они, в свою очередь, могли получить этот «багаж» от своих обидчиков. Часто мы обижаемся на родителей, братьев или сестер, по вине которых что-то в нашей жизни не так: *«Если бы не ты! Это всё из-за тебя!»*

Простить — это не значит перестать чувствовать обиду или боль. Когда мы обижены, нам невозможно сразу взять и перестать думать, вспоминать. Но есть выход из этого состояния. Это принять решение простить, понимая, что негативные чувства еще какое-то время могут быть, и мы даже не сразу пустим этого человека в свою жизнь. Это процесс. Первое, что нам хотелось бы сделать, — это не просто собрать горящие угли на голову обидчика, а засыпать его ими с ног до головы, чтоб это всё сгорело синим пламенем! Но мы с вами взрослые люди и понимаем, что это не выход.

Я получила понимание, как прощать, через этот стих:

«Если голоден враг твой, накорми его хлебом; и если он жаждет, напои его водою: ибо, [делая сие], ты собираешь горящие угли на голову его, и Господь воздаст тебе» (Притчи 25:21–22).

Если враг твой голоден — накорми его! Это очень серьезный вызов.

Когда вы начинаете делать добро тем, кто вас обидел, чувство обиды постепенно уходит. Проведите небольшое исследование: примите решение простить своего обидчика, помолитесь о нем и купите этому человеку подарок. Затем незаметно положите этот подарок на его рабочий стол или просто дайте в руки. Это не когда вы кого-то обидели, а именно тогда, когда вас обидели. Подарок *вашему* обидчику!

Я вас уверяю: в ваших отношениях произойдет настоящее чудо преображения! А может, случится и еще одно чудо — вы станете друзьями!

«Не будь побежден злом, но побеждай зло добром» (К Римлянам 12:21).

Мне удалось простить своего отца, который был несправедлив ко мне и часто безо всяких причин ругал и унижал меня.

Поняв этот стих из Библии, приняв его как наставление Небесного Отца, я так и сделала. Неспособность простить превратилась во мне в глубокую любовь! Затем папы не стало. И если бы я ждала первого шага с его стороны, то до сих пор бы так и ждала. Но вместо этого я сама сделала первый шаг навстречу ему, и у нас еще много лет были благословенные отношения.

Хочу подробнее описать момент прощения. Поделюсь сокровенными переживаниями с вами. Это рассказ, который я написала в «Фейсбуке» для своих друзей. Он называется «Целебные нитки».

Целебные нитки

Мы загрузили тяпки в багажник и поехали полоть картошку. Поля с посаженной картошкой были длинными, и мы знали, что едем на весь день. Мне было где-то лет семь, сестре — десять. Папа привез нас на поле. Мы вышли из машины и пошли к багажнику, чтобы взять тяпки, а он, наверное, об этом забыл и, разогнавшись, взял и уехал. Мы с сестрой кричали и махали — не помогло. Машина умчалась, подняв пыль на грунтовой дороге.

Мы стояли растерянные, молчали. Что делать на поле без тяпок? Что делать? Решили идти домой пешком. Как только вышли, над нашими головами сгустились черные тучи, стал греметь гром и сверкать молнии. Начался ливень. Мы бежали, потом шли, потом опять бежали. Молнии ударяли прямо возле нас. Было очень страшно и грустно от того, что папа даже и не вспомнил, даже не подумал, что мы под дождем, что мы в опасности.

Шли домой примерно час — мокрые, напуганные сверкающей молнией. Шли и молчали. Я не знаю, что переживала и думала моя сестра. А я думала о папе. Пришли домой до ниточки промокшие. Папа ничего не сказал, просто дальше делал свои дела. Сказали ему о тяпках. Если я не ошибаюсь, он сказал, что мы глупые: могли бы и по машине постучать. Так хотелось, чтобы он пожалел нас или хотя бы извинился. Пусто, глухо, никакой связи нет — связи между отцом и детьми.

Я потом думала, как много это значит — попросить прощения. Это словно зашить то, что порвалось. Использовать *целебные нитки*.

Не знаю, что более ценно — сказать, что любите, или извиниться, когда сделали ошибку. Говорите, что любите, а потом обидели и не извинились. Ну, и какова цена вашей любви? Гордость тенью закрыла вашу маленькую, малюсенькую, любовь. Поймите, когда вы извиняетесь, вы признаетесь в любви. Вы как бы говорите человеку: «Ты мне дорог, отношения между нами очень важны для меня».

Папа много делал для нас, старался. Но он никогда не извинялся, если делал ошибки. И я часто думала, почему мне кажется, что папа не любил меня? Ведь он столько для нас делал. А если представить, что он тогда извинился, пожалел нас... Я бы ему сказала: «Ничего, бывает. Зато ливень не потопил, и мы выжили в грозу!» Мы бы улыбнулись и забыли. Дети прощают легче и быстрее, чем взрослые. Но папа не посчитал нужным попросить прощения. Не было ниток, зашивающих порванное. Один раз папа сказал мне, что я — ноль, что я ничего не значу.

Не знаю, какими должны были быть крепкими нити, чтобы заштопать такую дырку. Папа умер. А я до сих пор жалею, что тех ниток мне не досталось — так хотелось бы зашить порванное. У меня уже были маленькие дети. Я пообещала сама себе, что никогда не буду поступать с ними, как мой папа со мной. Но, увы, поступала не только так, как он, поступала еще хуже, намного хуже. Ругалась с детьми, кричала, раздражалась, во всём их упрекала. Я каялась и старалась больше этого не делать, но ничего не получалось. Я чуть не разрушила этим свою семью.

Я обратилась к Богу — просила помощи, падала на пол и молилась, много молилась. И Бог мне кое-что сказал... А как говорит Бог? Ты внезапно понимаешь, что делать. Получаешь новые, свежие мысли. Открываешь Библию, а там именно о твоей ситуации написано.

Я поняла, что мне нужно написать папе письмо. Я себе сказала: «Я не смогу, а если я буду писать, то напишу только слова огорчения и обиды». Однако эта мысль не давала мне покоя. Я в то время жила в Латвии, а папа — в Литве. Я села, взяла бумагу и сказала: «Дух Святой, пиши, я не смогу. Бери мою руку и пиши, руководи мною». И я начала писать. Я писала о Божьей любви, о том, как я пришла в церковь, написала о Божьей заботе обо мне. Ни одного слова упрека, ни одного слова об обиде. И написала много писем. Папа молчал. Ничего не отвечал. Тогда я попросила подругу купить ему большую корзину с деликатесами и принести ему домой. Потом послала

Библию с золотой каемочкой. Это напоминало дождь любви от Духа Святого.

Это были нитки, которых мне так не хватало в детстве. Дыры зашивались в моем сердце. Но так странно: папа не менялся — он был таким же. Однако благодаря тому, что я делала, в моем сердце произошла какая-то серьезная операция. Перестал дуть холодный ветер, стало теплее и уютнее.

> *«Если голоден враг твой, накорми его хлебом; и если он жаждет, напои его водою: ибо, [делая сие], ты собираешь горящие угли на голову его, и Господь воздаст тебе» (Притчи 25:21–22).*

Папа не был моим врагом, однако этот библейский стих показал мне дальнейшие мои шаги. Я накормила папу, одела его. И наградил меня Господь теми нитками...

На литовском Новый Завет называется «завещание».

Если у кого-то из родителей не получилось после себя оставить детям эти целебные нитки, если ваше сердце до сих пор местами порвано, холодный ветер свистит в открытые дыры, я знаю Того, Кто зашьет, знаю Мастера. Он оставил Завещание, Библию, подсказку на жизнь. А главное — после смерти еще и воскрес и стал другом каждому, кто верит в Него.

Христос. Лекарь, Чудный Спаситель, знающий глубины сердца... Спасибо за нитки. Я зашила обиды.

Дух Святой, спасибо за те письма, ведь папа перед смертью покаялся и принял Христа. Видимо, любовь Божья зашила и его раненое сердце.

«Я обложу тебя пластырем и исцелю тебя от ран твоих, говорит Господь» (Иеремиия 30:17а).

Вот такой получился рассказ.

Неспособность или нежелание простить ворует у нас время и хоронит чудесные мгновения, которые потом уже не вернуть. Пока есть время, развяжите все узлы!

Почему я так усердно говорю о прощении, хотя это, казалось бы, никак не связано со страхом? Или как раз, наоборот, связано? Неспособность (или нежелание) простить может стать причиной страха. Не простив своего отца, вы, вероятно, будете бояться, что и сами никогда не станете хорошим отцом. Или мамой. Нежелание простить так же, как и страх, может испортить вам будущее.

«Ибо, если вы будете прощать людям согрешения их, то простит и вам Отец ваш Небесный. А если не будете прощать людям согрешения их, то и Отец ваш не простит вам согрешений ваших» (От Матфея 6:14–15).

Непрощение — это грех. И если вы не простили, то и Бог вас не может простить. Я вас очень прошу: простите обидчикам своим! Сделайте всё от вас зависящее. Например, берите ключи от машины — и в магазин за подарком для своего обидчика.

9
ИЗБЕРИ ЖИЗНЬ, ДАБЫ ЖИЛ ТЫ

«...жизнь и смерть предложил я тебе, благословение и проклятие. Избери жизнь, дабы жил ты и потомство твое» (Второзаконие 30:19).

Была у меня подруга — чудо-человек. С ней было очень интересно общаться, все ее сильно любили. У нее замечательные дети, внуки.

Но были две проблемы: лишний вес и бумаги от мужа на развод. Никто из близких даже не замечал ее лишнего веса — мы ее безумно любили, она была способна рассмешить всех, рассказать удивительные истории, еще помолиться, а потом и поплакать. Но бумаги от мужа на развод разбили ее сердце. Она стала говорить: «Я не хочу жить... я и до пятидесяти не доживу». Хотя она и вида не показывала, но в душе сильно страдала. Мы с подругами взяли за нее пост и молитву. И во время поста и молитвы Господь открыл, что моя подруга подобна красивому городу, сверкающему драгоценными камнями. Вокруг города — стена. Вдруг в этой стене пробились дыры, и вода большим потоком стала вытекать наружу. Пришло такое понимание, что дыры в стене — это слова, которые она говорит. Слова разрушают стены ее внутреннего человека, и вся ее жизнь и благословения не удерживаются — выливаются, как из разбитого сосуда. Я говорила с ней, просила покаяться за слова о смерти, за нежелание жить. Она покаялась, но всё равно продолжала говорить, что не доживет до пятидесяти… В сорок девять лет она ушла к Господу — сделала свой выбор. У нее были осложнения в сердце из-за тромба. Остались дети, внуки… Люди говорили, что могла бы еще жить, — ее очень не хватает. Я пишу о ней, а сердце сокрушается — скучаю…

В словах есть сила. В Библии в Современном переводе Библейской Лиги очень ясно написан этот стих:

«Язык может говорить слова, которые приносят жизнь или смерть. Поэтому любители поговорить должны быть готовы принять последствия сказанного» (Притчи 18:21, Современный перевод Библейской Лиги).

«Ибо, кто любит жизнь и хочет видеть добрые дни, тот удерживай язык свой от зла и уста свои от лукавых речей» (1-е Петра 3:10).

Сказанное слово может стать явью. Не говорите того, чего не хотите, чтобы по-настоящему случилось. Есть такая примета: говорите наоборот, тогда случится то, чего желаете. Неправильно, ложь это всё. Приметы — это человеческие выдумки. Не верьте. Говорите то, чего хотите, и верьте искренне. Например: «Я избавлюсь от страха и смогу спать без света». Слово стало плотью — Бог словами творил мир.

Это о словах. Теперь о глазах. Суть та же. Я перестала смотреть криминальные новости, читать о страшных происшествиях. Зачем мне это знать? Чтобы быть осторожнее? Не думаю. Я освободилась от такого рода информации, но не чувствую, что от этого стала менее осторожной, так как имею достаточно мудрости в опасных ситуациях. Примите решение принципиально не читать, не смотреть и специально исключать всё, что связано с убийствами, кражами, насилием. *Не нужно этого знать!*

В фильмах, где полно неправдоподобных ситуаций, преступник обычно сильнее жертвы. Однако в реальной жизни не всегда так. Конечно, объятый страхом человек слабее преступника. Но, когда не скован страхом, он может дать вполне достойный отпор и даже победить нападающего.

Мне очень понравилась история, когда бабушка ночью услышала, как кто-то залез в ее сарай. Она пошла, быстро закрыла двери сарая на ключ, забила досками и пошла дальше спать. Утром проснулась, вызвала полицию. Полиция спрашивает: «А почему вы сразу не вызвали нас? Разве вы не боялись?» Бабушка ответила: *«Вот кто боялся! Это вор просидел всю ночь, в страхе ожидая утра!»*

Обратите внимание, какой у вас страх. Если вы что-то увидели и стали бояться, значит вы склонны фантазировать, и вам не нужно это смотреть. Если у вас слух настроен на слышание плохих новостей, а потом вы себе места не находите, поменяйте то, что вы слушаете. Мир не остановится, если вы пропустите новости. Вот вам вопрос:

что вы выберете — жизнь или смерть? Обратите внимание на жизнь, на все ее оттенки, съездите на природу, послушайте, как утром поют птицы. Жизнь прекрасна! Меня заинтриговал один стих из Библии:

«Ибо всякому имеющему дастся и приумножится, а у неимеющего отнимется и то, что́ имеет» (От Матфея 25:29).

В какой-то момент я поняла суть этого стиха! И моя жизнь поменялась. Поэтому хочу поделиться одной статьей, которую недавно написала.

Имей, чтобы жить

Обнаружила драгоценность для качественной жизни здесь, на земле, и теперь ни за что не отпущу. Вот с этим уже живу какое-то время. Результаты потрясающие! Может, и вы так живете. Значит, напишу тем, кто еще не нашел. Прочитайте оченьочень внимательно и реально вдумайтесь:

«Ибо всякому имеющему дастся и приумножится, а у неимеющего отнимется и то, что́ имеет» (От Матфея 25:29).

Этот стих из Библии мне казался неправильным. Ну, как так? У неимеющего отнимется и то, что имеет. Что-то тут не так. Оказалось, что всё так.

Переведу эту библейскую мысль на наш язык. Например, муж имеет жену, но не ценит ее, изменяет, унижает. Он имеет жену, а ведет себя так, как будто не имеет. И в какой-то момент жена уходит от него. От неимеющего отнялось то, что он имел.

Еще один пример. Получает человек зарплату, но всё завидует людям, которые получают больше, чем он. Ропщет, вечно недоволен, неблагодарен — не получает от той зарплаты никакой радости. Он имеет зарплату, но так ее не ценит, что живет, как будто не имеет. И у таких работников часто бывает худой конец — увольнение. Он, имея работу, «не имел», и от него отнялось то, что он имел.

Теперь наоборот. Имеет муж жену. Ценит, любит, дорожит. И прибавляется к этому радость: семья растет, детки, внуки... «... имеющему дастся и приумножится...». Получает человек зарплату, ценит свою работу, благодарен, дорожит тем, что имеет.

И как-то таким людям открываются двери, что другим никак не могут открыться.

«...имеющему дастся и приумножится...». А теперь самое главное! Внимание!

Если вы «имеете» жизнь — це́ните каждый день, благодарите, что проснулись, и Бог дал дыхание, стараетесь как только можете, ваша жизнь приумножится. Потому что вы имеете!

А если вы не цените жизнь — желаете смерти, проклинаете всё вокруг себя, у вас может «отняться» как у «неимеющего». Поэтому, если у вас есть на что жить, вы имеете. Имеете — цените, благодарите, не говорите всем, что денег не хватает, а наоборот: имею столько, сколько нужно. И потому, что имею, мне еще прибавится!

Я внедряю это во все сферы своей жизни. Даже, например, говорю: «Имею чудесные волосы. Да прибавится мне еще!» (Кто знает, может, после такого у кого-то лысина зарастет волосами.) Желаю вам «иметь». Ведь жизнь не такая уж и длинная, чтобы «не иметь».

«За то, что он возлюбил Меня, избавлю его; защищу его, потому что он познал имя Мое» (Псалтирь 90:14).

10
СТРАХ ЛЕТАТЬ НА САМОЛЕТАХ
ПРИЗРАКИ ИЗ ПРОШЛОГО

Страх летать на самолетах! Как он меня измучил, и как я его ненавижу — всеми фибрами души ненавижу! Сколько часов я просидела в самолетах, ощущая себя последним дрожащим листом на осеннем дереве: ветер вот-вот сейчас меня сорвет! Было дико страшно — мучительно страшно!

Приглашаю вас полететь со мной на самолете. Не сейчас, а вернуться в прошлое, лет на двадцать назад.

Полетели?

Идя по трапу самолета, я слышу каждый свой шаг. Как будто шаг за шагом я иду к чему-то неизвестному. Может, сегодня со мной что-то случится. Может, сегодняшний день будет последним. Страх изо всех сил пытался овладеть мной. Еще за месяц до полета он принимался запугивать меня. Каждый день в течение всего месяца мое сердце периодически заливали волны страха и паники. И каждый раз, поднимая глаза в небо и провожая взглядом летящий самолет, я с ужасом думала: «Как эта груда металла вообще может лететь? Да еще и с таким количеством людей и багажа. Ужас!»

И всё-таки даже с таким паническим страхом я решалась и соглашалась летать! Я понимала, что цель страха — изолировать меня от полноценной и многогранной жизни, спрятать меня подальше от моего призвания. «Ну, что ж, буду лететь и бояться», — думала я, держа в руках билет.

Я боялась, однако из глубины сердца тихо, но уверенно доносились слова: «Всё будет хорошо». Мои губы начинали шептать тихую молитву: «Боже, только на Тебя уповаю! Ты понесешь меня на руках Своих. Я знаю, что Ты со мной». Я ведь верующая, почему я верю, но и боюсь? Как так?

Вера в Бога. Люди часто заблуждаются, думая, что верующие, особенно духовные лидеры: пасторы, священники — не боятся, не грешат, не сомневаются и даже не падают на своем жизненном пути. Но они такие же люди, как и все, просто они выбрали веру в Бога, которая не так легко дается. Не все выдерживают искушения, испытания или атаку страхов. Библия говорит о долинах смертной тени, и это обращение к верующим.

Вера в Бога — это не сдаваться и не опускать руки, это духовная борьба, вера в невидимое. Мы все подвержены страху. Однако вера может сильно повлиять на мышление, на принятие правильных решений и даже принести победу над проблемами.

Так вот, вернемся к нашему полету.

От начала трапа до входа в самолет шаги, как в замедленном кино... На входе в самолет я, приложив руку к дверям, благословляю фюзеляж самолета. И это крайне важно для меня, входя в самолет, при первой же возможности прикоснуться к тому железному чуду, на котором я скоро поднимусь в самое небо!

А еще важно, кто сидит в кабине пилотов. Если человек постарше, седой, будет спокойный перелет, если молодой летчик или женщина, тут я никогда ни в чем не уверена. Понимаете, страх — лжец. Зачастую наши выводы не имеют никакого логического обоснования. Потом уже я поняла, что думала неправильно. Возраст и пол пилота вообще не влияют на качество полета. А влияют на него его профессионализм и практика, старание и любовь к работе.

И вот я вхожу в самолет. Вижу много людей, вижу их глаза. Во многих глазах я вижу страх и беспомощность перед неприятными, атакующими разум мыслями и чувством страха. Я знаю, что эти глаза сканируют каждого входящего в самолет, ища, не найдут ли успокоение и опору хотя бы в одном из них, наполненном смелостью и уверенностью.

И я стараюсь быть той опорой. Я знаю, как это важно. Хотя в голове ураганом носятся разные мысли, стараюсь держать свое сердце под контролем. И именно оттуда, из глубин сердца, мои глаза, как зеркало, отражают некую уверенность, мир и даже смелость. Это я для других из последних сил стараюсь — это, пока мы еще не взлетели, я такой герой!

Я верю в Бога. И я знаю, что иногда тот самый тихий, спокойный голос в моем сердце — это Его голос. Каждый раз, заходя в самолет, я слышу тихий голос в сердце: «Всё будет хорошо».

Смотрю людям в глаза и как будто говорю: «Всё будет хорошо». Уверенно иду по проходу самолета. Всё будет хорошо. Я знаю, что моя уверенность и мир — как приятный, свежий вдох каждому, кто охвачен страхом и неуверенностью. Боюсь очень, но при этом так хочется помочь таким, как я. И я знаю, что им нужно: смелый и позитивный взгляд, беззаботная улыбка.

Но это, пока мы на земле, пока голос страха в моем разуме и сердце не перекричал голос Божий.

Как же немного нужно, чтобы принести в этот мир, охваченный паникой и неуверенностью, лучик надежды! Многие люди погрузились в себя, спрятались, словно улитки, в своих ракушках. А ведь в каждом человеке есть потенциал разрешить сложную ситуацию не только ради своего блага, но и чтобы помочь другим. Одним словом, даже трус иногда может на время успокоить других!

Я сажусь в кресло — самолет взлетает… В эту минуту перед каждым человеком стоит выбор: принять этот полет как невероятное чудо от Бога или крепко ухватиться за подлокотники кресла и провести всё это время в страхе и напряжении, что и происходит со мной во всех полетах.

Самолет поднимается, а вместе с ним и несколько сотен человек, в головах у которых роятся миллионы мыслей: у одних — страх, переживания и неуверенность в будущем, у других — радость, мир, уверенность и мысли о прекрасном будущем, о встрече с родными в зале ожидания.

Интересно, но я никогда не боялась взлетов и посадок. Я боялась резких движений самолета при полете. Часами успокаивала себя и молилась, пока самолет летел ровно. Как только объявляли, что приземляемся, страх отпускал мое сердце, приходили радость и мир. Хотелось всех обнимать, как будто мне сказали, что ты еще будешь жить! После каждого перелета я словно получала подарок новой жизни.

Я знаю, что многие очень боятся взлета и посадки. Думаю, это зависит от того, какую информацию мы получили, допустив при этом страх. Наслушавшись разных страшилок о настоящих и мнимых случаях крушений самолетов, мы, как губка, впитываем в себя страх. Кто-то заостряет внимание на крушениях при посадке, кто-то — на проблемах при ровном полете.

Например, мне всегда было страшно, когда я смотрела по телевизору сцены в зоне турбулентности.

Вдруг, когда все едят, тарелки начинают стучать, стаканы падать — включается красный значок «пристегнуть ремни», пилот пару раз объявляет, что пролетаем зону турбулентности. Лучше бы не говорил, и так понятно. Самолет трясет, а в отделении для ручной клади над головами всё трещит, как при езде на старом уазике. У моего папы была как раз такая машина, поэтому с детства помню этот звук. Мне всегда казалось, что она вот-вот развалится.

Целый набор устрашающих компонентов!

Когда я видела в кино подобную сцену, сердце всегда леденело. И, когда летала, именно этой ситуации больше всего и боялась и хотела избежать. А если была хотя бы легкая турбулентность в то время, когда мы ели, я думала: «Всё, вот теперь всё. Конец!» Меня, правда, всегда в такие моменты удивляли спокойные лица обслуживающего персонала. Самолет трясет, а они: «Чай или кофе?» Такое искушение было закричать им:

«Какой кофе! Сейчас же верните меня на землю!»

Какая ситуация в полете пугает вас? Подумайте, потому что это и есть — посмотреть врагу в лицо. Перестаньте убегать от этой ситуации — *это призрак из прошлого. Именно с ним вам и придется сразиться, ему нужно будет сказать, кто тут главный!*

Вернемся к полету. Наконец самолет приземляется. Пассажиры отстегивают ремни безопасности и стремительно, как ни в чем не бывало, как муравьи, разбегаются кто куда по своим домам и делам. Я выхожу из самолета, и мне стыдно и неудобно... перед Богом. Ведь всё хорошо закончилось — мы прекрасно долетели, Он говорил мне, что всё будет хорошо. А я боялась и не доверяла Ему. «Прости меня, Господь, за недоверие, — говорю я каждый раз, выходя из самолета. — Сколько еще это будет продолжаться? Сколько я буду бояться и не доверять Тебе?»

Частые полеты вынуждали меня задумываться, почему же я такая трусиха? Естественно, подобные размышления могут застать нас где угодно, ведь страх приходит не только в полетах. Но для меня почти всегда именно перелет на самолете становился поводом для разговоров с собственным сердцем.

11
ДЕСЯТЬ ТЫСЯЧ МЕТРОВ НАД ЗЕМЛЕЙ

Так как страх летать на самолетах есть у многих людей, я бы хотела добавить еще одну главу, в которой поделюсь практическими советами, как преодолеть страх в полете.

Первый полет на самолете мне очень понравился. Было интересно и даже забавно. Но чем больше я летала, тем чаще мне попадалась информация о полетах, самолетах и обо всем, что касается этой темы. Я стала задумываться об этом и, как результат, засомневалась в безопасности полетов. Как эти многотонные куски металла с сотнями пассажиров, да еще и багажом и грузом, вообще могут летать? Со временем я стала принимать близко к сердцу всю информацию о крушении самолетов, что передавали в новостях. Я входила в самолет со страхом и выходила разочарованная своим неверием, сомнениями и боязливостью.

Воздушные путешествия превратились для меня в настоящее испытание. Мы летали очень часто. Однажды в одной лишь поездке по Америке мы летали четырнадцать раз! А ведь это двадцать восемь взлетов и посадок за короткое время! Каждый раз, когда мы выходили из самолета, я благодарила Бога за то, что мы долетели, и что Господь позволил мне жить дальше.

Самолет летит очень высоко. Это поистине поражает воображение любого человека, за исключением, пожалуй, тех, кто связан с авиацией, поэтому он узнаёт и подробно изучает всё, что связано с полетами. Знатоки летного дела понимают, что из всех видов транспорта самолет — самый безопасный. В дорожно-транспортных происшествиях погибает во много раз больше людей, чем в авиакатастрофах. Но меня это никак не утешало. Я подсознательно боялась попасть именно на тот рейс, который окажется обреченным.

Помню, читала в какой-то газете статью о том, как не бояться летать на самолетах. Там было написано, что в этом деле помогает юмор. Предлагалось представить, что ты, например, Винни-Пух и летишь на воздушном шарике. Очень умно! На шарике-то лететь еще страшнее! А Винни-Пухом себя представить и вовсе не трудно — и без того похудение превратилось для множества женщин в нескончаемую погоню за мечтой всей жизни.

Первое, что меня ободрило, — это воспоминание о картине, которую я где-то увидела. На ней был изображен огромный ангел, несущий самолет на своих руках. Тогда-то мне и вспомнилось Божье обетование: *«На руках понесут тебя...» (Псалтирь 90:12)*. Это успокоило меня. Помимо этого, в борьбе со страхом меня укрепило и то, что самолеты летают по отдельным воздушным коридорам. Но и это еще не всё! Муж напомнил мне о том, что Господь создал небеса твердыми:

«И назвал Бог твердь небом. И был вечер, и было утро: день второй» (Бытие 1:8).

То есть Господь уже тогда, при сотворении мира, знал, что по небу будут летать самолеты! Твердь — это словно твердая дорога. А турбулентность — неровности на этой дороге. Во время полета я постоянно представляю себе, что еду по дороге.

Я выяснила и кое-что еще: когда мы не в состоянии сами что-то контролировать, нам становится страшно, мы чувствуем себя нестабильно, неуверенно. Так, жены часто диктуют мужьям, как нужно водить автомобиль. Или нам, женщинам, необходимо знать все подробности, чтобы мы могли контролировать ситуацию.

Всякий раз, когда я проходила в салон самолета, меня тянуло в кабину пилотов. Хотелось увидеть, как же они управляют этим самолетом! Всегда думала, что если бы я сидела в кабине пилотов, то мне не было бы так страшно. Почему, не знаю. Ведь, по сути, если бы я села управлять самолетом, то уж точно все, кто был в самолете, оказались бы в опасности!

Наше желание контролировать ситуацию не всегда уместно. Возможно, нам не хватает доверия Богу и людям, призванным и обученным выполнять какой-то вид деятельности. Как часто мы думаем, что если бы пастором нашей церкви были мы, то... Или если бы прославление вела я, то...

Нам следует научиться доверять Богу, Который поставил каждого на свое место, и людям, которые сами не хотят погибнуть и стараются изо всех сил наилучшим образом выполнить свою работу.

Тем не менее иногда самолеты всё равно падают. А

вдруг я окажусь именно на том самом рейсе?

Интересно, если вы детально исследуете обстоятельства какой-то отдельно взятой авиакатастрофы, то обязательно узнаете о том, что некоторое количество пассажиров опоздало на этот рейс. И так бывает всякий раз! Кто эти люди, которым так повезло? Занимательно то, что в тот момент, когда они опоздали-таки на свой рейс, им так не казалось. Они сердились и расстраивались, что не успели на самолет, что потеряли деньги за билеты. Но Господь знал, что их жизнь дороже всего этого! Бывает и наоборот: муж с женой опоздали на свой рейс. Они расстроились и взяли такси, чтобы доехать до другого города и вылететь оттуда. По дороге в аэропорт произошла авария, в которой оба погибли. Как такое могло произойти? Как понять эту «систему»? Никто никогда не сможет до конца это понять и объяснить. Мы можем только догадываться и надеяться на лучшее.

Я слышала удивительные рассказы людей, избежавших опасности. После того как в московском метро были совершены теракты, я читала свидетельства о том, как люди просто почувствовали, что им не нужно входить в тот состав или вагон.

После трагедии 9 сентября 2011 года в Нью-Йорке я слышала свидетельства многих верующих о том, как им довелось не попасть в то утро в обреченные здания. Кто-то накануне поработал дольше обычного и решил на следующий день прийти на работу позже. Кто-то по дороге в свой офис остановился в кафе. И, когда случилась эта трагедия, они оказались в безопасности.

> *«Падут подле тебя тысяча и десять тысяч одесную тебя; но к тебе не приблизится» (Псалтирь 90:7).*

Означает ли это, что только грешники погибают? Нет, утверждать такое я не берусь. Писание гласит:

«Да будете сынами Отца вашего Небесного; ибо Он повелевает солнцу Своему восходить над злыми и добрыми и посылает дождь на праведных и неправедных» (От Матфея 5:45).

Ответ на этот вопрос мне неизвестен, но я точно знаю, что могу верить Божьему Слову, обещающему защиту. Это обещание дано в том числе и мне, так что я буду жить под охраной своего Бога!

Всякий раз перед полетом мы с мужем молимся. Молимся за пилотов, за все механизмы самолета и за благоприятную погоду. Молимся, чтобы весь наш багаж находился под охраной ангелов. Интересно и то, что каждый раз, когда я куда-то лечу, во время полета Бог многое мне открывает и показывает, обращаясь к моему сердцу. Я записываю свои размышления, стихи, песни. Во время перелетов Он весьма обильно благословляет меня. Как будто, находясь в небе, я становлюсь ближе к Нему. Но порой во время полета к сердцу подбирается страх. Однако, зная все Божьи истины, я провозглашаю благословения, и зачастую страх проходит.

Помню, однажды во время длительного перелета страх подобрался так близко, что даже физически заболело сердце. Я попросила у Бога мудрости в том, как победить этот не проходящий навалившийся страх. И Бог ответил — дал мудрый совет. У меня при себе, в сумочке, всегда есть елей для помазания. Я поняла, что должна взять этот елей и нанести его на область сердца. Может, кому-то это и покажется странным, но я проявила послушание, пошла в туалет, встала на колени и помазала себя елеем. Страх сразу же прошел. После этого я уснула и спокойно долетела до пункта назначения.

Беспокойству в полете есть и другие причины. Самая банальная из них — кофе или крепкий чай. Я заметила, что, если перед полетом в аэропорту я пью кофе или крепкий чай, мое сердце стучит сильнее и чувство беспокойства усиливается. И тогда я решила больше не пить ни перед полетом, ни во время него. Да и если вам предстоит где-то выступать, и вы переживаете, нервничаете, лучше перед выступлением не употреблять эти напитки. Они учащают сердцебиение, повышают давление и не всегда благотворно воздействуют на нервную систему.

Еще одна из причин беспокойства — это наши слова, речь. Будьте очень осторожны в том, что говорите! Например, не говорите, что упадете, что умрете, что случится беда. Даже в шутку не произносите этого! Лучше говорите позитивные слова: что-то сделаете, долетите, сможете.

Страх ограничивает нашу жизнь.

Помню, в Латвию из Америки часто прилетал один миссионер. Он проповедовал, учил, служил, пророчествовал. Человек с удовольствием общался со студентами библейской школы, все его очень любили. И так он постоянно приезжал в Латвию, но всегда один. Его жена никогда не ездила с ним. И, когда мы спросили его, почему, он рассказал, что у нее сильная боязнь полетов. Она никогда и никуда не летает.

Как жаль, что боязнь летать лишила эту женщину стольких счастливых мгновений, многих лет удивительного служения вместе с мужем, когда она могла бы служить людям, и ее жизнь была бы намного богаче и интереснее!

Как часто мы, как эта женщина, не решаемся преодолеть барьер страха.

Бег с барьерами. Во время забега спортсменам приходится нелегко: они вынуждены перепрыгивать через несколько барьеров и, преодолев столь сложную дистанцию, добежать-таки до финиша. Они тренируются не один год, ездят на разные соревнования, а потом с трепетом, а иногда и со страхом стоят на линии старта, но всё равно бегут. Боятся ли, переживают ли, верят ли в себя или нет или видят, что рядом с ними на старте стоят соперники посильнее их, — всё равно преодолевают свою дистанцию! Так же и со страхом: нужно делать то, чего боитесь, — даже боясь, делать. Ваше бездействие не избавит вас от страха! Действуйте! И тогда обязательно придёт победа, вы получите заслуженный приз — полноценную жизнь!

Чувство страха можно контролировать! Как человек может сжать в ладони снег, так и чувство страха можно в свете истины и имени Иисуса Христа собрать в одно понятие: это мой враг, и я больше ни секунды не собираюсь страдать! Не позвольте чувству страха стать снежной пургой в вашей голове, когда ваши мысли разметает в разные стороны! Отделите от себя чувство страха, оттолкните его и постарайтесь не просто в мыслях сжать этот страх в кулак, но и растопить его.

Возможно, вы скажете: «А как это сделать?» Это непросто, потребуется вся сила воли и осознания, что вы имеете власть и контроль над страхом. Во всём, чего вы ожидаете и в чем стремитесь к победе, потребуется стопроцентная отдача, сила воли, контроль над собой. Возьмём, к примеру, плавание. Попробуйте только представить, каково это — постараться проплыть дистанцию с победными секундами, когда все остальные пловцы тоже настроены на победу. Пловец тренируется до последнего, правильно питается, выкладывается на все сто для предстоящего соревнования. Это очень сложно, и мало кто на подобные жертвы соглашается. Поверьте, почти все спортсмены имеют дело со страхом и сомнениями, но это их не останавливает на пути к победе.

Страх — это чувство. А что такое чувство? Это мысли плюс ощущения. Мысли можно контролировать: вместо того чтобы развивать негативный взгляд на вещи, можно заставить себя подумать о чем-то положительном. И чувства тоже можно контролировать. Поймите, что чувства преданно служат мыслям. За мыслью следует чувство. Чувство словно становится слугой мысли. Разберитесь с негативными мыслями, и негативные чувства тоже потеряют свою силу.

Вполне вероятно, вы скажете: «Я могу думать позитивно, но всё равно боюсь. Чувство страха сильнее, чем мои позитивные мысли». Поверьте, я знаю, о чем вы говорите, понимаю вас, но шаг за шагом, одна мысль за другой, одно откровение за другим приведет вас к победе и свободе!

Я боялась летать, но ни разу не отказалась от полета из-за страха. Я делала то, чего боялась! Дьявол всячески испытывал мою уверенность в Божьих обетованиях. Однажды нас пригласили провести служение в городе, до которого нужно было лететь. Как раз за несколько дней до нашего перелета разбился самолет. Погибли люди. По этому поводу СМИ подняли большой шум, и самолетам той же компании-производителя запретили любые полеты. Приехав в аэропорт, мы с удивлением обнаружили, что должны были лететь самолетом именно этой марки. Помимо этого, выяснилось, что временем нашего возвращения оказалось время, в которое потерпел крушение самолет. Не менее поразительным было и то, что мы направлялись в город, находящийся совсем близко от города, где разбился самолет.

Самым же смешным было то, что возвращались мы 13-го числа, и самолет был почти пустой: люди, веря в приметы, не летают 13-го. Глупо и непонятно, почему это число так не любят. А верующие люди 13-го числа имеют намного больше преимуществ — они просто не берут в голову эту ложь!

Итак, мы были уже на пути домой на том самом рейсе, того самого 13-го числа, и самолет был почти пустой. Мы с Николаем устроились поудобнее, ведь во время поездки нам пришлось провести немало служений, и мы порядком подустали. Перед взлетом мы помолились, благословили наш полет и благополучно взлетели. Через один ряд передо мной — а я сидела у прохода — летел весьма интересный мужчина. Смотрю (а я очень люблю наблюдать за людьми), а он читает какую-то серьезную, для профессоров, книгу со всякими чертежами. Думаю: «Наверное, образованный человек, коли в таких вещах разбирается». На протяжении всего полета мужчина продолжал читать и ни с кем не общался. И вот пилот объявил, что скоро начнем снижаться. Я сижу. Никакого страха. Всё спокойно. И вдруг этот мужчина поворачивается к сидящему позади него пассажиру, тому, что сидел прямо передо мной, и говорит: «А вы знаете, сколько лет этому самолету?»

Услышав это, я на месте застыла. А он продолжает: «Этому самолету тринадцать лет, и он очень плохо работает. Мы приземлимся так же, как тот самолет, что недавно разбился». Затаив дыхание, я сканирую каждое слово. Самое обидное, что мне никак не удается услышать, что отвечает ему другой человек. Их разговор заканчивается, и «профессор» нажимает кнопку вызова бортпроводницы. Та прибегает. «Профессор» с недовольством говорит ей: «А вы не слышите, как плохо работают двигатели? Они не справляются!» Бортпроводница смущается, но качает головой и успокаивает его, говоря, что всё должно быть нормально, а затем уходит. Я сижу... Страх вновь пытается проникнуть в мое сердце...

Стоп! Я срочно включаю логику. Самое отрезвляющее в такой ситуации — это обратиться к здравому человеку. И им оказывается мой муж. Николай очень много читает, так что в его голове информации, как в библиотеке! Он оказывается профессором более высокой квалификации, чем тот, что сидит впереди меня. Я ему всё рассказываю. Николай тут же опровергает полученную мной информацию, заверив меня в том, что самолеты могут летать тридцать, а то и более лет. Мне становится спокойнее. «Значит, этот самолет может летать еще лет семнадцать», — думаю я. Когда же я полностью успокаиваюсь, Николай произносит: «Дьявол не согласен так просто тебя отпустить. Хоть он уже и не имеет над тобой власти, но попугать всегда готов». Мы смеемся и через несколько минут совершенно спокойно приземляемся.

Паникеры не просто сами паникуют — они непременно стараются найти себе кого-то, кто бы составил им компанию. Не поддавайтесь, потому что это наполненные страхом слабые люди, которых надо остановить и успокоить.

Самолеты — это благословение. Сколько недель нужно было бы идти по морю из России в Америку? Долго, утомительно и достаточно опасно! Штормы в море намного опаснее, чем турбулентность в воздухе. Хотя есть и смелые люди: ходят себе по морям и океанам. Честно признаюсь, что глубоко уважаю таких людей!

Самолеты экономят наше время. Благодаря им всё стало ближе и быстрее. Бог вложил в человека мудрость и дал откровение о том, как строить самолеты. Никогда не поверю, что мы сами, без Него, смогли бы создать самолеты и просчитать все детали полета в небе. Это было бы просто невозможно без откровения свыше. Все новые изобретения пришли к людям с небес.

Как еще, если не с помощью самолета или космического корабля, мы могли бы уже сейчас прикоснуться к небу, увидеть царскую красоту небес? Звезды и луна над облаками, поля, ровно поделенные на квадратики, или города, освещенные миллионами огней, вершины гор, целые города из белых пушистых облаков, озера и бесконечные моря — разве не стоит преодолеть страх, чтобы еще и еще раз увидеть эту красоту?!

Но одно вы должны понять: пока вы что-то не преодолели, вы постоянно будете возвращаться к этому вопросу. Пока вы не перестанете бояться летать, вам просто придется сталкиваться с тем, что летать нужно обязательно. И, пока вы боитесь оставаться дома один, будут возникать такие ситуации, когда вы будете вынуждены остаться один. Пока вы боитесь собак, они вам будут повсюду встречаться. Это как проверка, как экзамен: нет, еще не готов, еще нужно подучиться, еще нужно поработать.

Так что лучше как можно раньше, не теряя времени, встретьтесь с врагом лицом к лицу и решительно скажите ему: «Ты мне надоел, и я больше ни минуты не позволю тебе портить мою жизнь!»

И специально, назло фобиям, делайте то, чего так боитесь!

12

ОПАСНАЯ ЗОНА

ФИЛЬМЫ УЖАСОВ: БЕРЕГИТЕ ДЕТЕЙ!

В этой книге я много говорю о фильмах ужасов. На то есть веская причина. Я была еще ребенком, когда на телевидении появилось кое-что новое: после полуночи стали показывать фильмы ужасов. Заметьте, именно после полуночи! Мы с сестрой выжидали, когда родители лягут спать, а затем включали телевизор. Вам несложно представить, как я после этого засыпала и какие мне снились сны. С этих фильмов начались мои мучения, которые длились многие годы.

Фильмы ужасов лично в моей жизни и стали тем семенем страха, что было посеяно глубоко в моей душе. Позже это семя выросло в большое дерево, на котором росло и приносило «плоды» множество «веток» самых разных страхов.

Помню это чувство стыда и унижения, когда я умоляла сестру позволить мне спать с ней в одной кровати. Мы спали на старом диване советского производства, который состоял из двух частей — широкой и узкой. Широкая часть использовалась в качестве сиденья, а вторая, узенькая, поднималась и превращалась в спинку.

Я соглашалась спать на этой узкой части, только бы не одной! Ночью просыпалась от страха, будила сестру и говорила ей, что кто-то ходит в доме или вокруг него. Мне никто не мог помочь, никто не мог понять меня. Всем это казалось глупым и странным. Тогда я еще не знала, что могу помолиться и попросить помощи у Бога. Родители были заняты своими делами, а сестру, которая тоже была ребенком, своими страхами я только раздражала.

Я очень люблю родителей и сестру — у нас очень добрые отношения. Но тогда они не могли мне помочь.

И вот папа купил нам с сестрой новую мебель: две отдельные кровати. Я была рада, пока не легла спать. Посреди ночи страх холодом прошелся по телу — я в ужасе вскочила и изо всех сил побежала к бабушке на второй этаж. Скорость того бега поражает. Такое ощущение, что с первого на второй этаж я взлетела за секунду. Мне казалось, что за мною гонится скелет. Каждая ночь приносила мне всё новые страдания, и страха в моем сердце становилось всё больше.

Затем, когда уже подросла, я познакомилась с группой «металлистов». Я слушала музыку в стиле хеви-метал, обклеила свою комнату плакатами разных музыкальных групп и стала рисовать и развешивать на стенах картины, на которых изображала ад, бесов, черепа и огонь. Мои подруги просили продать им эти картины, потому что «произведения» получались как живые.

Вот удивительная вещь — рисовать то, чего боишься... Сейчас я понимаю, что меня вдохновлял дьявол. Он всё больше захватывал мою жизнь, мое внимание. Спать по ночам стало невыносимо — я реально видела тени людей, ходящих по комнате. Заснуть удавалось только при включенном свете.

Лишь много лет спустя я осознала, что мое рабство началось с фильмов ужасов, которые мы смотрели с сестрой. Эти фильмы захватывают тебя целиком, как будто действие происходит не на экране, а наяву. Многие говорят: «Я совсем не боюсь смотреть ужастики! Для меня это адреналин». А я ненавижу фильмы ужасов всем своим естеством! Для меня это нечто противное, мерзкое, отвратительное. Я предполагаю, что сценарии к этим фильмам были написаны под влиянием наркотиков, под воздействием бесов или психически нездоровыми людьми. Каждый фильм передает нашей душе информацию, которая копируется и впитывается в наше подсознание, отпечатывается в нашем разуме. Вначале мы можем ничего и не заметить. Может пройти несколько дней, месяцев или даже лет, прежде чем увиденное нами начнет приносить плоды. Это могут быть сны, страхи или навязчивое желание причинить кому-то боль. Результаты могут быть разные, но они обязательно будут.

Вначале были фильмы ужасов, потом исполненные злобой друзья, а затем и музыка, пропитанная ненавистью ко всему. За этим последовало желание покончить жизнь самоубийством. Мне казалось, что в жизни всё неправильно, запутано и совершенно бесцельно. Меня ничто не радовало. Я оказалась в больнице с болью в спине. Нервы были на пределе. Я срывалась на родителей, злоба терзала меня изнутри. Дьявол наслаждался и торжествовал — еще одна жертва в его сетях!

Я никак не связывала преследующий меня страх с фильмами ужасов. Очень важно, чтобы родители или взрослые контролировали детей, потому что те не в состоянии оценить последствия определенных поступков и решений и сделать правильные выводы. Для этого родители, имеющие достаточный опыт, и существуют: чтобы остановить зло, научить детей и предупредить их о последствиях. А если родители понимают еще и духовную власть, то детям будет двойная польза!

Хочу поделиться статьей о своем покаянии, которую назвала «Небо не пусто».

Небо не пусто

Мне было лет пятнадцать. Помню дискотеку: мои друзья пьяные — я нет. Уже нет. Уже тогда внутри меня пустота глушила всякое развлечение. Танцевала, аж пыль поднималась, но посмотрела на всё вокруг, и так мне стало противно — эта пустота дошла до горла! Вышла я на улицу, это была середина ночи, подняла голову к небу и громко сказала: *«И это всё???»*

Разве больше ничего нет, разве это всё?

Разве так я на этой земле и буду дальше жить?

Думаете, у детей не возникают такие вопросы в пятнадцать лет, да и раньше? И не только у детей.

Смотрела на небо, а внутри разочарование, которое достигло предела.

Разве небо пустое и там дальше пусто? Так пусто, как на этой земле?

Это и есть вся наша жизнь — пить, курить, танцевать, быть крутыми? А потом пойти на работу и изо дня в день доказывать всем, что ты что-то да можешь... ради денег. Деньги никогда не были для меня важны, никогда из-за денег я бы не совершила героического поступка.

Потом были мысли о самоубийстве, потом точила нож,

желая отомстить... Хорошо, хватило ума вовремя остановиться.

А потом шла к реке. Шла к реке после очередной дискотеки и вдруг повернула голову, а там... церковь. И подумала: а вдруг Бог есть, вдруг небо не пустое? Умру сейчас и потом уже не узнаю. И пошла домой. Долго не могла заснуть.

С того момента всё пошло как-то по-другому. Я не понимала, что происходит, меня потянуло в ту единственную в нашем городе церковь, я там приняла всё, что от меня требовалось: сама ходила на уроки, сама пошла со свечкой в руках принимать первое причастие.

И друзья остались позади, и стало светлее.

Потом поехала в другой город учиться на парикмахера, и там я всем говорила: «Может, вам известны люди, которые знают о Боге?» Какая-то подруга принесла мне маленькую книжечку, где было написано: «Хочешь знать Бога?», и сказала: «Может, это тебе так надо?» Я позвонила по номеру, что был на книжке, и пошла к тем людям. А они знали о Боге!

Потом раз десять прочитала Новый Завет и плакала, плакала... Плакала, потому что сердцем встретилась с Ним, с Христом.

Прочитала в Библии: «Я есть свет жизни, прощаются твои грехи, проси и будет дано...». Смерть и воскресение Христа... Благая весть лично для меня...

Понимаете, там, на небе, не пусто, совсем не пусто!

Встретила Тебя, Христос, или Ты меня встретил, не знаю, но главное — мы встретились! Та пустота, что была внутри столько лет, ничем и никем не заполнилась — только Тобой.

После той встречи пустота наполнилась жизнью. Какая-то пелена, через которую я видела мир мрачным, спала с глаз, и я увидела, какой красивый этот мир! Правда, даже домá и природа стали другими, как будто ярче увидела цвета. Я избавилась от одиннадцати видов страхов, а главное — полюбила людей.

Раньше я ненавидела людей — в каждом человеке видела предателя, подлого эгоиста. А теперь я полюбила людей, и это самое большое свидетельство в моей жизни. Христос изменил то, что человеку самому изменить нереально.

Люди говорят: «Докажи, что Бог есть». Доказательством является моя измененная жизнь. Можно ли всем сердцем любить того, кого никогда не видел?

Наше зрение ограничено. Глазами мы много чего не видим: ветра не видим, радиоволн, Интернета, звука, а ведь знаем, что есть. Бог владеет этим всем.

Я вижу Бога сердцем каждый день. Я встречаюсь с Христом в своей молитвенной комнате, я могу сказать, что мое тело и есть храм, где небо не пусто. Я пригласила Христа быть светом и мудростью моей жизни. Библия говорит, что наши тела — это храм Духа Святого.

Христос прибрался в этом храме, даже сделал генеральную уборку: выбросил всякий мусор, прогнал вредных жителей, побелил стены, посадил вокруг чудесный сад из удивительных цветов. И поселился в этом храме.

Теперь скажите мне, как я могу не верить в Христа, когда всё внутри меня изменено Им? Почему христиане готовы жизнь отдать за Христа? Да потому, что явно видно Его присутствие, Его жизнь. И это не только в этой жизни, но и в спасении души после физической смерти тела. Это меняет не только внутренность человека, но и то, что происходит снаружи.

Христос, люблю Тебя, мой Спаситель и Друг! Предано

сердце мое Тебе. Я бы тоже, как Мария и Магдалина, утром побежала ко гробу, точно побежала бы, хоть и камень поставлен, и солдаты стоят и охраняют, чтобы никто не отвалил его. Они бежали к Тебе, потому что знали Тебя, любили Тебя. Что им тот камень или те солдаты!

Слава Богу, что в моей жизни произошла встреча с Ним. А что было бы, если бы в тот момент, когда я шла к реке, я не услышала тихий Божий голос? В моем маленьком городке на кладбище сегодня стоял бы памятник с моим именем. Цель сатаны была бы достигнута. Всё началось с фильмов, а привело к желанию покончить жизнь самоубийством. И теперь попробуйте доказать мне, что эти фильмы безобидны!

Существует много разных источников страха. Например, новости, театральные постановки, музейные выставки, витрины магазинов и т. п.

Вы, наверное, подумали: «Ну, что, теперь уже и это смотреть нельзя?» Дьявол хитро внедрился в этот мир. Я не могу сказать, что посещать театры, музеи и выставки нельзя, но я бы просила у Господа мудрости, чтобы отфильтровывать всю преподносимую там информацию.

Особенно внимательно следует относиться к тому, что смотрят и чем живут ваши дети. Ребенку стоит увидеть лишь одну страшную картинку — и родители могут попрощаться со спокойными вечерами перед сном или даже ночами.

В нашей семье не смотрят фильмы ужасов. Дети это знают и понимают, почему. Кстати, не следует что-то запрещать детям, прежде не объяснив, почему это делается. Поверьте, уж я-то постаралась объяснить своим детям всё, что касается страха. Помню, нашей дочке было пять лет. Неожиданно она стала плакать по ночам и говорить, что ей страшно. Мы принялись молиться и противостоять этому страху. А потом спросили ее о том, что она смотрела по телевизору в последнее время. Оказалось, она часто смотрела мультфильм под названием «Анастасия» о последней царской семье в дореволюционной России. Мультфильм, на первый взгляд, вроде бы безобидный, но в нем есть один сюжет, где отрицательный персонаж попадает в ад и становится страшным демоном. Эта сцена длится всего пару минут, но этого оказалось вполне достаточно для того, чтобы произвести на нашего ребенка столь глубокое негативное впечатление.

Мы всё объяснили дочке, выбросили диск с этим мультфильмом и помолились за нее. Ребека, пожалуй, самая смелая в нашей семье — ничего не боится, так что мы даже удивляемся ее смелости. Я иногда думаю, что «перемолилась» за нее против страха, — она реально у нас очень бесстрашная. Шутка!

Не позволяйте детям смотреть фильмы и мультфильмы со страшными сценами. А если ваш ребенок очень хочет посмотреть фильм, который посмотрели все его друзья, и не может смириться с вашими запретами, посмотрите его вместе с ним, останавливаясь на плохих сценах и подробно объясняя, что́ в этих сценах и фильме в целом может негативно повлиять на него. Однако не советую делать это с детьми младше семи лет. Поверьте, ваш ребенок не захочет проходить этот процесс еще раз.

Итак, будьте бдительны и почаще беседуйте с детьми об этом. Пусть ваши дети получат информацию и знания от вас, нежели наполнятся ужасом, страхами или злостью. Страхов у детей бывает много, они разные, иногда думаешь: а это еще откуда взялось? Известно, что нервная система у детей более уязвима, чем у взрослых. Поэтому и страхи у детей бывают совсем не такие, как у их родителей.

Конечно, невозможно всё понять, защитить детей от всего. Но мы делаем то, что можем, что от нас зависит, а Бог будет делать то, с чем мы не справимся, что не в наших силах. Главное — доверять Ему.

В какой-то момент после нашего переезда в Америку у нашего младшего пятилетнего сына Роберта начали появляться разные страхи. То он панически боялся спать ночью, то боялся оставаться с детьми в школе, то ехать в школьном автобусе. Боязнь школы и школьного автобуса вполне объяснима: смена обстановки, когда всё вокруг — дети, учителя, здание школы, классы — новое и пока еще не стало привычным.

А страх спать! Откуда он взялся? Ведь раньше Роберт спокойно спал один в своей комнате. Здесь же каждый вечер он так сильно принимался плакать — панически, без остановки! Мы его и успокаивали, и уговаривали, и ободряли, тем более что спал он в одной комнате со своим старшим братом.

Позвольте предупредить родителей, оказавшихся в подобной ситуации: не наказывайте ребенка за страхи — *никогда*! Это не бунт и не упрямство или непослушание. Возможно, это все лишь легкое потрясение нервной системы от перемен. А может, вашего ребенка и пытается поразить страх.

У Роберта это состояние продолжалось около двух недель. Мы постились за него, каждый день молились, в том числе и перед сном, вместе читали Божье Слово. Где-то после недели молитв у моего мужа возникла очень хорошая идея! Он повесил возле кроватки Роберта листок, на котором было место для восьми отметок. Папа и сын договорились, что, когда Роберт ляжет спать без слез, они отметят этот день на своем листке. А когда будут отмечены все восемь дней, папа купит подарок. Это сработало! В начале отметки появлялись через день, а потом и каждый день. В итоге через две недели Роберт совсем не боялся школы, школьного автобуса и ночного сна.

Мы очень обрадовались и уже расслабились, потому что Роберт сам ложился спать, и, хотя спал он с открытыми дверьми, и мы оставляли свет в коридоре, причин для волнения у нас не было. Но вы знаете, порой мы чувствуем, будто всё закончено, однако, для того чтобы поставить точку, чего-то не хватает...

Однажды утром дети отправились в школу, а Роберт — в детский сад. Его повез отец, но почему-то Николай очень долго не возвращался домой. Когда же вернулся, у него был расстроенный вид. Он сказал, что с Робертом опять что-то случилось, и он сильно плакал, отказываясь идти в свою группу. Сын сильно сопротивлялся и так громко кричал, что его было слышно даже на улице! Словом, Николай провел с ним около получаса, пока воспитательница не взяла Роберта за руку и силой не увела его. Неужели всё повторяется? Неужели мы не одержали победы? Что произошло?

В тот вечер Роберт опять сильно плакал перед сном и хватался за меня, умоляя, чтобы я не уходила из его комнаты. У нас с Николаем опустились руки... Что дальше?

На следующее утро в детский сад Роберта повезла я. И вновь в слезах и с криками он отказывался идти в свою группу. Тогда за ним пришел детсадовский психолог, а я ушла из сада. Это был настоящий спектакль: психолог держал Роберта на руках, тот кричал и визжал, через плечо психолога протягивал мне руки, а я должна была, не оглядываясь, просто уйти. Очень жестокий способ, но в нашем случае он оказался действенным! Позднее психолог позвонил и сообщил, что Роберт уже сидит со всеми детьми и спокойно занимается своими делами.

Я ехала домой расстроенная, слезно молилась, взывала к Богу. Было ощущение, что мы проиграли войну. Приехав домой, я всё рассказала мужу. Мы еще раз помолились об этом. Вечером «концерт» перед сном повторился. Мы вновь помолились. И Бог ответил!

Никогда не переставайте молиться, даже если вам кажется, что Бог не слышит! Это вам лишь кажется, ведь Он вкладывает в разум мысли и помогает понять, как поступать дальше, что нужно сделать для выхода из любого сложившегося положения. Когда мы поселились в том доме, о котором я сейчас пишу, мы помолились и благословили его, попросили у Господа очистить и освятить наше новое жилище. Но мы не помолились об освящении этого дома с елеопомазанием. И вот в этой ситуации мы с мужем согласились в том, что нам необходимо совершить такую молитву всем вместе, всей семьей. Мы взяли елей и помолились за дом, помазав косяки дверей и окон во всех комнатах. Затем мы опустились на колени и помолились за каждого члена семьи.

Вообще, я верю в молитву с елеопомазанием, и на сей раз Бог совершил в нашей семье большое чудо! В тот вечер Роберт отправился спать без слез! Лег и даже не звал нас! Но всё же мы оставили дверь в его комнату открытой, а в коридоре включили свет. И вдруг, к нашему большому удивлению, Роберт встал и произнес: «Мне этот свет мешает спать!» Сам выключил свет в коридоре, закрыл в своей комнате дверь и лег спать дальше. На следующее утро он спокойно остался в детском саду. Словом, после этого случая страх к нему больше не возвращался. Очевидно, молитва веры с елеопомазанием дома всерьез напугала дьявола — он бесследно исчез! Вот это было настоящее чудо от Господа! Спасибо только Ему! Так в этом нашем вопросе была поставлена точка.

Необходимо, чтобы ребенок понял и поверил, что вы, родители, в беде с ним и не оставите его одного страдать. Дайте ребенку понять, что вы переживаете трудности вместе с ним.

Приведите ребенка к Богу, научите его молиться и доверять Господу, научите противостоять дьяволу! Наш Роберт смог бы сам рассказать вам свою историю о страхе. Он точно знает, что Господь и родители не оставили его наедине с ним.

Дети даны нам на короткое время. Когда-то они вырастут, создадут свою семью, и родительское влияние на них закончится.

13
ЗАКЛЯТОЕ

> «...„заклятое среди тебя, Израиль; посему ты не можешь устоять пред врагами твоими, доколе не отдалишь от себя заклятого".» (Иисус Навин 7:13).

Предметы, связанные с духовным миром, попадая к нам в дом, офис или автомобиль, могут, словно магнит, притягивать страх и создавать ощущение тяжести. По сути, эти предметы являются опасными и даже вредными для человека. Они могут привлечь не только страх, но и болезнь, нищету или смерть. В список таких предметов в первую очередь попадают символы и изображения языческих богов, заколдованные, проклятые вещи, амулеты. Человек покупает освященные перед идолами предметы, приносит их домой, а через какое-то время в его жизни начинаются проблемы самого разного характера. Например, начинает мучить бессонница, страх или болезни. А порой даже приходят мысли о самоубийстве и близости смерти.

Какие же предметы не должны быть в наших домах?

- *фигурки, изображающие божества, идолы и изваяния, которым поклоняются*
- *всевозможные предметы или изображения, используемые или предназначенные для колдовства, магии, проведения оккультных ритуалов*
- *изображения, рисунки и картины, а также статуэтки животных, птиц, насекомых, которые олицетворяют собой покровительство, плодовитость, богатство и т. д.*

Вот что говорит об этом Священное Писание:

«И побросали богов их в огонь; но это не боги, а изделие рук человеческих, дерево и камень; потому и истребили их» (4-я Царств 19:18).

«Но тогда, не знавши Бога, вы служили [богам], которые в существе не боги» (К Галатам 4:8).

Если эти предметы (браслеты с надписями, глаза из камня, специальные подвески) заменяют человеку веру в Бога, или он верит, что они действительно приносят удачу, то это идолопоклонство в чистом виде. Человек заменил истинного Бога камнем, деревом и железом. Если у вас в доме есть эти предметы, срочно избавьтесь от них, покайтесь перед Господом и попросите очистить вас и ваш дом от бесовского идолопоклоннического влияния. Только не дарите эти вещи — выбросьте.

К числу оккультных, а значит, и духовно нечистых вещей, относятся также и надписи, вызывающие духов ваших умерших родных, или выдержки из оккультных изданий, равно как и сами оккультные книги, книги о смерти, самоубийстве или книги о заклинаниях.

Недавно мы посетили в Америке музей «Believe It Or Not» («Хотите верьте, хотите нет»). В музее представлено много разных удивительных вещей. Например, восковая фигура самого большого человека в мире и самого маленького и многое другое. Словом, многое из того, что кажется человеку невероятным. В последнее же время там появилось очень много и вещей, связанных с оккультизмом, колдовством и идолопоклонством. Мы, не зная об этих переменах, привезли туда своих друзей.

Каково же было наше удивление, когда перед нами предстали самые разные идолы из Африки, колдовские атрибуты и принадлежности, многие из которых были обтянуты человеческой кожей. Было такое ощущение после посещения музея, что мы словно окунулись в грязь. На душе стало тревожно.

Прошло несколько дней. Мы приехали в другой город и вечером легли спать. Посреди ночи я проснулась от того, что увидела в комнате. Позвольте напомнить, что я уже давно была свободна от страха и много лет не вскакивала с постели по ночам в ужасе от кошмарного сна. Но в ту ночь я вскочила, увидев какую-то белую маску, медленно двигавшуюся по комнате. Присутствие в комнате духа страха было реально ощутимым. Стараясь не разбудить Николая, я отправилась в ванную комнату, закрылась там и принялась молиться, противостоя духу страха. В следующую ночь я вновь вскочила с постели, однако той страшной маски уже не видела. И опять я направилась в ванную комнату, спрашивая у Господа, почему со мной происходят такие явления, ведь я уже давно избавилась от страха. И Господь мне ответил. Он сказал, что это проявления духа, который стоит за идолом из Африки, выставленным в вышеупомянутом музее. Я запретила этому духу действовать в доме и противостала ему твердой верой.

«Итак покоритесь Богу; противостаньте диаволу, и убежит от вас» (Иакова 4:7).

С тех событий прошло несколько месяцев. Как-то, будучи в гостях у своей мамы, я включила телевизор. И как раз в это время началась передача, посвященная тому самому музею. Передача началась с заставки, которая длилась буквально несколько секунд. В этой заставке, оформленной в виде коллажа из многочисленных картинок, соединенных в одно целое, в самом центре оказалась фотография именно той маски, которая привиделась мне ночью. Но в музее этой маски я не видела. Для меня это оказалось подтверждением того, что духовный мир не имеет границ, не знает расстояний, времен или эпох и действует на того, кто окажется открытым для подобного воздействия, в той мере, в какой это воздействие представляется возможным.

С тех пор для меня данный музей входит в число мест, посещать которые лично я никому не советую.

Несколько слов о домовых. В общем понимании, домовой — это выдуманный старичок, старушка или в некоторых случаях даже ведьма, которых считают защитниками дома, поставленными охранять жилище и приносить в дом счастье. Зачастую для визуализации этой идеи домовых представляют в виде кукол. Переведем это на Божий язык. Это кукла непосредственно связана с бесовскими духами. Но вот что удивительно, люди верят столь глупой лжи и обману.

Предлагаю прочесть о домовых всего несколько строк, из которых всё станет предельно ясно и понятно. Приведенный ниже текст взят с самого обычного сайта о домовых. Просто удивительно, сколько в нем лжи и наивности! С другой стороны, читая эти строки, можно безошибочно обнаружить, что домовой — это определенно бесовское явление.

Билибин И. Я. утверждает: «Домовой (славянская мифология) — дух бескрылый, бестелесный и безрогий, который живет в каждом доме, в каждом семействе. От *бесов* он отличается тем, что не делает зла, а только шутит иногда, даже оказывает услуги, если любит хозяина или хозяйку. Перед смертью когонибудь из семейства воет, иногда даже показывается кому-нибудь, стучит, хлопает дверями и пр.

Если домовой полюбил домашних, то он предупреждает о несчастье, караулит дом и двор; в противном же случае он бьет и колотит посуду, кричит, топает и пр. Тому, кого любит, завивает волосы и бороды в косы, а кого не любит, того ночью щиплет до синяков.

По этим синякам судят о какой-нибудь неприятности, особенно если синяк сильно болит. Также наваливается во время ночи на спящего и давит его, так что в это время нельзя ни пошевелиться, ни сказать ни слова (сонный паралич). Обыкновенно эта напасть наваливается на того, кто спит на спине, в это время спрашивают, к худу или к добру, а домовой отвечает мрачным голосом „да" или „нет".

Говорят, что он не любит зеркал, козлов и тех, кто спит около порога или под порогом. Иногда слышат, как он, сидя на хозяйском месте, занимается хозяйской работой, между тем как ничего этого не видно.

В простом народе к домовому питают уважение, так что мужичок боится его чем-либо оскорбить и даже остерегается произнести его имя без цели. В разговорах не называют его домовым, а дедушкой, хозяином, набольшим или самим.

При переезде из одного дома в другой непременною обязанностью считают в последнюю ночь, перед выходом из старого дома, с хлебом-солью просить домового на новое место.

Хозяйство каждого, по их мнению, находится под влиянием домового. Говорят, что домовой не любит ленивых. Если домовой не будет любить хозяина, он начинает проказить, в этом случае пред порогом дома зарывают в землю череп или голову козла, а если его проказы выражаются в самовозгорании предметов, нехороших надписях на стенах и прочего в этом роде, тогда домовому следует показать, кто в доме хозяин. Надо взять в руку пугу с железным наконечником (кнут) или ремень и, обходя дом и стегая мебель, стены, пол и вещи, приговаривать властным и сильным голосом: „Знай свое место, знай свое место. Ты, домовой, должен дом стеречь, хозяйство беречь, да хозяйке угождать, а не воевать, Знай свое место, знай свое место". Слова можно говорить любые, главное, чтобы они были произнесены хозяином дома.

Некоторые утверждают, что домовой рождается стареньким дедушкой, а умирает младенцем. Родственные домовому духи: кикимора (может быть, даже жена), банник, гуменник (он же овинник), полевой».

Идея о домовых получила в России весьма широкое распространение. Старичок-домовой встречается даже в телевизионной рекламе. Его изображение (в том числе и взятое из рекламного ролика) можно увидеть в магазинах и ресторанах, в домах и квартирах.

Мы тоже имели дело с домовым, даже не зная того. Мы

переехали в Москву и однажды вечером решили прогуляться по Старому Арбату. Нам предстояла поездка в Литву к моим родителям, и мы искали какой-нибудь сувенир из Москвы. Нам на глаза попалось несколько кукол, красиво и детально украшенных, в красивейших одеждах, в лаптях и шляпах, выполненных в традиционном старорусском стиле. Тогда мы еще совсем не знали о домовых. То, что мы нашли этих традиционно русских кукол, привело нас в полный восторг. Мы купили старичка с бородой — ну, просто красавец, а не старичок! Привезли его в Литву, подарили папе, и он посадил этого старичка на почетное место.

Дети в ту ночь спали именно в той комнате, где был старичок. Утром Ричард проснулся и с ужасом рассказал, что ночью тот передвигался по комнате и разговаривал. Мы посмеялись, не придав этому рассказу никакого значения. На следующий день в дом приехали гости, и я спала в той же комнате с детьми и часто просыпалась, мучимая страхом и бессонницей. Мы уехали, даже не подозревая, что оставляем родителей в духовной опасности. После нашего отъезда они неоднократно рассказывали о том, что и другие внуки стали беспокойно спать в их доме. Через какое-то время мы опять приехали к родителям. История повторилась. Ричард в ужасе рассказывал, что этот старичок, как живой, пугал его, причем весьма ощутимо (хотя сын у нас всегда был очень спокоен и не боялся спать).

Спустя какое-то время Бог открыл мне, что с фигуркой этого старичка тесно связан бесовский дух. Это ведь домовой! Я всё объяснила родителям, и мы сразу же выбросили куклу. Страх в этой комнате прекратился.

Я могла бы написать множество историй о разных вещах и предметах, которые доставляли знакомым мне людям настоящие мучения. Мне доводилось слышать много таких историй. Вероятно, вы и сами достаточно слышали об этом. У меня нет никаких оснований для сомнения в правдивости этих историй.

По моему мнению, в такую ложь люди начинают верить по разным причинам, но главная из них — невежество, незнание. Верить без разбора в то, что попадается на пути, — это идти в ловушку. Ловушку дьявола. Самое страшное, что люди представляют себе бесов добрыми шутниками и охранниками. Однако бесы никогда не будут на стороне человека! Их цель — заманить человека в сети и разрушить жизнь. В самом начале на какой-то миг всё может казаться приятным, например, наркотики, воровство, блуд, кукла-защитник дома, красивый амулет, стеклянный шар в руках у гадалки — ну, что тут такого?

Однако за всё это придется платить — иногда очень дорого — здоровьем, даже жизнью. Бесы являются противниками Бога. А всё, что сотворено Богом, — для дьявола это мишень. Это самые настоящие бесы, а не какие-то «домовые» или «кикиморы». Бесы не только мучают людей, но и обманывают, сочиняя наивные и глупые сценарии и действия. Они не добрые и не шутники. Если кто-то считает, что разные странные звуки по ночам, болезни и смерть — это шутки, то меня серьезно беспокоит психическое здоровье этих людей. Большей глупости и быть не может! Когда в доме страшно спать, происходят ужасные вещи, например, раздается стук по батареям или слышны шаги, люди вызывают экстрасенсов и платят им безумные деньги. А экстрасенсы ситуацию еще больше усугубляют, потому что колдовство не избавит от дьявола. Дьявол не может изгнать дьявола.

Потом начинаются болезни, беды, ссоры, даже убийства. В дом приходит смерть. Люди хватаются за голову, задаваясь мучительными вопросами о том, что им делать, как быть, и почему на их голову свалилось так много бед. А может, пора домового выбросить в мусорное ведро? «Да это страшно, он же может отомстить», — скажет человек, верящий в него. Нет, неправда. Над человеком имеет власть только то, что он впускает, принимает.

Иисус Христос — это высшая власть над всяким колдовством. Призовите Его имя в личной молитве с верою и властью.

Молитесь так:

Бог Отец, прости, что допустил в свою жизнь колдовство. Заменил веру в Тебя домовым. Ты велик и можешь защитить мой дом. Я буду всем сердцем уповать на тебя, доверять Тебе каждый день своей жизни. Призываю имя Иисуса, и да очистится мой дом от бесов. Именем Иисуса Христа, домовой, уйди сейчас же из моего дома и не возвращайся.

Иисус! Ты живи в моем доме! Всё, что есть в моем доме, посвящаю Тебе!

Следующее, что может принести в ваш дом настоящее проклятие, — это музыка. Есть музыка, с помощью которой поклоняются дьяволу, смерти и умершим. Это такие музыкальные стили, как «металл», «тяжелый рок» и т. п. Наверняка есть и еще какие-то другие, которые я просто даже не знаю.

Существуют музыкальные коллективы, которые не стесняются открыто использовать дьявольскую символику, скелеты и кровь, головы монстров и свастику, представляя окружающим смерть и ужас. В их песнях поется о проклятии и о смерти. Причем разобрать эти слова на слух зачастую не представляется возможным — они намеренно поются наоборот. Например, слово «смерть» в этих песнях пропевается как «ьтремс».

Я была металлисткой. И, хотя переносить эту музыку было практически невозможно, я боялась отстать от друзей-металлистов и заставляла себя слушать эту отвратительную музыку. Привыкнуть к ней было весьма сложно: это очень тяжелая, часто неритмичная, совершенно нездравая музыка.

Если в вашем доме происходят странные вещи, слышатся посторонние звуки, или всех в доме преследует постоянное чувство страха, то одной из причин может быть один или несколько из вышеупомянутых пунктов. Пересмотрите свой дом, сделайте его чистым и впредь не оставляйте дьяволу ни единой лазейки!

Причиной проблемы может быть всего одна книга или даже журнал, видеокассета или статуэтка. Выбросьте это и даже не переживайте из-за того, что вы что-то за них заплатили. Сколько бы эти предметы ни стоили, ваше здоровье и будущее намного важнее и ценнее любой, даже самой дорогой, статуэтки или книги.

Кроме того, как я уже раньше говорила, покайтесь перед Богом, попросите, чтобы Господь очистил ваш дом. Пусть в вашем доме Он обитает! Тогда вы пребудете в постоянном мире и радости, в состоянии безопасности и стабильности.

Возможно, кому-то из читателей эта глава покажется самой тяжелой и даже вызывающей. Что ж, быть может, так оно и есть. Со своей стороны лишь скажу, что не могу и не хочу что-то утаивать, чего-то стыдиться или переживать, что кому-то что-то в этой главе не понравится. Дело в том, что в своей жизни я действительно пережила разрушающее действие дьявола и знаю, что полную свободу приносит только полная правда.

14

ЗА МОЕЙ СПИНОЙ

Я думаю, что так, как мы можем ощущать присутствие Божие, мы можем ощущать и присутствие бесовских духов. Но присутствие Божье отличается от присутствия бесов, как день от ночи.

Часто во время поклонения Богу можно даже в воздухе ощутить Его присутствие. Когда это происходит, мы начинаем в сердце слышать голос, который говорит о нашей ситуации, или получаем ответ на нашу молитву. Приходит мир, стабильность, уверенность в будущем. В Божьем присутствии хочется оставаться как можно дольше.

Но иногда случается ощущать и чье-то холодное присутствие. Тогда становится страшно, некомфортно, и нам хочется как можно скорее избавиться от этого ужасного ощущения. Иногда вся комната наполняется этим жутким, леденящим душу состоянием. Это бесовский дух. Его присутствие чаще всего ощущается сзади, за спиной. Почему же именно за спиной?

Я слышала, что люди, живущие в джунглях, делают маску

с изображением человеческого лица, которую надевают на затылок. Получается, что и сзади, и спереди у человека как будто есть лицо. Животное думает, что человек стоит к нему лицом, и не так быстро нападет.

Удивительно, но Библия сравнивает дьявола с рыкающим львом.

«Трезвитесь, бодрствуйте, потому что противник ваш диавол ходит, как рыкающий лев, ища, кого поглотить» (1-е Петра 5:8).

И вот это ощущение какого-то существа за спиной. Может, дьявол боится нашего лица? Думаю, он боится наших уст. Боится, потому что в наших словах заключена власть. А многим об этой силе и власти попросту неизвестно.

*«Когда же настал вечер, к Нему привели многих бесноватых, и Он изгнал духов **словом** и исцелил всех больных» (От Матфея 8:16).*

Словом Бог сотворил мир. Мы много говорим и даже не подозреваем, что в наших устах есть власть.

«Смерть и жизнь — во власти языка, и любящие его вкусят от плодов его» (Притчи 18:21).

Дьявол знает это. Слово, сказанное человеком с властью, действует на него, словно обоюдоострый меч. Прочитайте ключевой библейский стих, который поможет прогнать дьявола, какими бы ужасами он не пытался вас запугать.

> «Итак покоритесь Богу; противостаньте диаволу, и убежит от вас. (Иакова 4:7).

Заметьте, что первые слова здесь — «покоритесь Богу». Покоритесь Богу, будьте трезвы, бодрствуйте. Если вы чувствуете, что дьявол приблизился к вам, действуйте безотлагательно. В молитве противостаньте ему, обращаясь к власти Иисуса Христа.

В этой связи мне вспоминается одна пожилая пара. Супруги находились дома и внезапно оба почувствовали, как им на руки опустилось что-то тяжелое. Вскоре у них начался артрит. Они не могли понять, что ощущение тяжести на руках и столь внезапно начавшаяся болезнь — это дело рук дьявола. Чем закончилась эта история, мне, увы, неизвестно, но верю, что они здоровы и более не страдают артритом.

Дьявол — лжец, но у него есть определенная власть над этим миром, так что его охота на души людей совершенно реальна. Однако мы, верующие, имеем столь же реальную — высшую — власть от Бога и Божью защиту, так что нам надо без страха смело противостоять дьяволу.

> «Дети! вы от Бога, и победили их; ибо Тот, кто в вас, больше того, кто в мире» (1-е Иоанна 4:4).

Теперь, когда я чувствую за спиной чье-то холодное присутствие, я могу тотчас смело повернуться к этому лживому существу лицом и бесстрашно противостать ему во имя Иисуса! Я имею на это право и власть! Но после моего освобождения от страхов это ощущение постепенно исчезло из моей жизни.

15
КНЯЗЬ ТЬМЫ

Вы не задумывались, почему люди чаще всего боятся ночи и темноты? Это был один из самых серьезных страхов в моей жизни. Я всегда включала свет ночью, а если и попадала в комнату без света, то в панике мгновенно пыталась найти включатель. Бывало и такое, что, оказавшись в полной темноте, я могла и закричать, так у меня перехватывало дыхание.

Говорят, что тьмы самой по себе нет, тьма — это отсутствие света. Как будто человек подсознательно понимает, что при отсутствии света с ним может что-то произойти. Но, как не крути, ночь сотворил Бог. Он четко отметил, когда взойдет солнце и когда сядет. Поставил границы дню и ночи. И никто не может ничего поменять.

«Твой день и Твоя ночь; Ты уготовал светила и солнце» (Псалтирь 73:16).

В ночной темноте Бог разместил луну и звезды. Я не

представляю ничего красивее тихой летней ночи с небом, полным звезд, и прекрасной луной. Этим зрелищем можно любоваться часами. Помните о звезде, что направляла мудрецов к родившемуся Иисусу?

Небо удивительно. Оно дано нам в благословение. Ночь существует для того, чтобы отдыхать, а не для того, чтобы сидеть, не сомкнув глаз, да еще и с включенным светом.

Интересно, что когда в диалог с людьми вступали ангелы или Бог, это чаще всего происходило ночью и нередко во время сна. Зачастую Господь говорит с нами, когда мы спим, через сны, через подсознание, когда вся суета утихает, и мы можем услышать Его голос.

По идее, мы не должны бояться ни темноты, ни ночи. Всё это Бог сотворил *для* человека, а *не против* него. Ночь — для того, чтобы отдохнуть, иметь хороший сон. Что-то произошло, что нарушило наш мир и дружбу с ночью. Почему именно ночью все закрывают свои дома на замки и включают в доме сигнализацию? Есть такая версия, что страх темноты заложен в нас Богом потому, что животные охотятся именно ночью. Но, когда мы ставим сигнализацию на дом, мы ведь не от зверей ее ставим.

Что же произошло? С каких пор и почему у нас появилось столько страха перед ночью и темнотой?

Грехопадение...

В результате него дьявол получил власть над этим миром.

Вот что сказал он Иисусу, когда искушал Его в пустыне:

«И сказал Ему диавол: Тебе дам власть над всеми сими [царствами] и славу их, ибо она предана мне, и я, кому хочу, даю ее; итак, если Ты поклонишься мне, то все будет Твое. Иисус сказал ему в ответ: отойди от Меня, сатана;

написано: „Господу Богу твоему поклоняйся и Ему одному служи".» (От Луки 4:6–8).

Дьявол — вор, и действует он тайно и в темноте. Опять же, он пытается нарушить гармонию в отношениях человека с Богом.

Я думаю, создавать фильмы ужасов, в которых почти все действия происходят в темноте, вдохновил сценаристов дьявол.

Но что же нам делать? Как без страха спокойно ходить ночью по темным переулкам или просто, ничего не боясь, оставлять свои дома не запертыми?

Думаю, такого на земле уже не будет. Нам и дальше придется быть осторожными. Ведь мир становится не лучше, а хуже. Наверное, этот страх всё-таки перешел на уровень интуиции, превратился в инстинкт самосохранения. Чувство страха и присутствие страха можно преодолеть. Но здравые и мудрые действия для обеспечения нашей безопасности очень важны. Молитесь о мудрости и понимании того, как не оказаться в беде, как избежать опасных ситуаций. Лишняя осторожность никогда не помешает!

Бог знает, что люди стали бояться темноты и ночи, наверное, поэтому в книге Откровение нам дается следующее утешительное описание небес:

«И ночи не будет там, и не будут иметь нужды ни в светильнике, ни в свете солнечном, ибо Господь Бог освещает их; и будут царствовать во веки веков» (Откровение 22:5).

Может, сотый раз уже повторюсь, но мой главный совет: перестаньте смотреть фильмы ужасов, криминальные хроники. Не украшайте свой дом чудищами на Хэллоуин. Зачем оно вам? Избегайте источников зла, страхов. Если есть желание быть свободным от страха, не дружите с ним, не украшайте страшилками свой дом, не смотрите на него через экран телевизора.

В конце этой главы решила написать что-то, что вам покажется очень странным, но, думаю, интересным.

Есть такое состояние, когда человек вскакивает с кровати от страха в середине сна. Страх внезапно и очень резко будит человека. Человек может еще спать и вообще не понимать, что происходит, но, если проснулся, потом долго не может заснуть, в его уме и сердце — ужас. Вопрос: что это было?

Причина подобного мучительного состояния очень часто бывает медицинская — неврологическая или психологическая: стрессы, переутомление

Но!

Я слышала одну версию и потом результаты этой версии. Меня вообще это поразило. Мучительный ночной страх может появиться от интимного самоудовлетворения — мастурбации, или онанизма. Как вообще могут быть связаны эти две совершенно разные вещи? Не знаю. Услышала об этом от пожилой женщины — она рассказала целую историю об этом. И еще несколько раз слышала свидетельство о том, как человек полностью перестал просыпаться ночью от страха после того, как покаялся и прекратил этим заниматься.

Не пишу как факт, как подтвержденную истину, но что-то в этом есть. Может ли быть так, что страх темноты и ночи входит в нашу жизнь через то, что мы делаем в темноте, втайне? Я впустила страх темноты через фильмы ужасов, когда, прячась от родителей, включала и смотрела их, хотя знала, что делаю плохо.

16
СТРАХ ОТВЕРЖЕНИЯ

Подростковый возраст. Это когда вам кажется, что вы всё знаете лучше всех остальных, когда море по колено. И всё-таки в этом возрасте вы очень уязвимы — сердечко еще детское, хрупкое. В этом возрасте совершается больше всего глупых и ненужных поступков, принимаются поспешные решения, и часто именно в этом возрасте совершаются преступления и, увы, самоубийства.

Именно в этом возрасте я совершила очень много ошибок. Желание быть свободной от контроля родителей, от чужого мнения завело меня в тупик. Сейчас я понимаю, что здравый контроль родителей — это благословение. Он очень важен и нужен. Это как руль для корабля, бросаемого по волнам.

Путаница в мыслях и страх в сердце — вот чем запомнился мне подростковый период. Мне казалось, что всё очень запутано, каждая сложная ситуация заводила меня в тупик. Казалось, таких ситуаций у меня в голове тысяча — ничего никогда не решится. Знаете, как бывает: человек солгал, потом, чтобы прикрыть первую ложь, еще раз солгал и так до бесконечности... пока его ложь не открылась перед всем миром, и ему не стало еще хуже, чем когда солгал первый раз.

Я ссорилась с родителями, всячески пытаясь доказать, что они во всём неправы, и что их логике далеко до логики моего поколения. То, что они слушают, что они смотрят, как говорят, — всё казалось отсталым. Сейчас моим детям тоже так кажется.

Как же это было глупо — не прислушиваться к наставлениям! Сейчас я понимаю, что они были правы, и если бы я тогда слушалась, то не совершила бы столько ошибок. Но что было, то было, и уже ничего, увы, не вернуть.

Почему так получается, что в подростковом возрасте мнение друзей, даже плохих, намного важнее, чем мнение родителей, учителей или взрослых? Хотя всё должно быть наоборот! Потому что есть страх быть отвергнутым, непринятым, оказаться «не таким», как все. Страшно оказаться белой вороной, посмешищем.

Я заметила, что подростку легче совершать плохие поступки с друзьями и быть наказанным родителями, чем соглашаться с ними, но быть отвергнутым друзьями. Увы, именно это большинство тинейджеров и выбирает.

Если вы проанализируете их поступки, то увидите именно такую расстановку приоритетов. Почему? Потому что всякий страх лжет и заводит в тупик. Есть страх быть отвергнутым друзьями, но почему-то не страшно быть отвергнутым родителями. Интересно, правда?

Страх отвержения, одиночества — это тоже страх, от которого обязательно надо избавляться! Первое, что следует делать родителям, — это молиться Богу, Который дает мудрость для того, чтобы войти в доверие к ребенку-подростку и установить с ним дружеские отношения. И, когда сердце ребенка откроется перед вами, вы сможете понемногу начать объяснять ему то, что сейчас считаете нужным.

Этот страх не выглядит опасным: «Ну, просто возраст такой! Все через это проходят». Нет! Постарайтесь не мириться с тем, из-за чего в жизни детей происходят неприятности и что приводит к плохим, даже опасным последствиям.

Начните молиться так, как никогда еще не молились!

Закладывать в сердца наших детей христианский фундамент сложно — для этого потребуются неимоверные усилия и терпение. Но оно того стоит! И даже при этом каждый должен пройти свои трудности в жизни.

Конечно, когда подросток в своей же семье, где его любят, ведет себя, как дьявол, родители отчаиваются. Иногда кажется, что всё, что вы вложили в ребенка, не имеет никаких результатов. Вы отчаиваетесь и опускаете руки. Но даже если и не видно света в конце тоннеля, даже если всё идет хуже, чем в самых страшных ваших снах, не сдавайтесь — сейчас время сеять...

«Сеявшие со слезами будут пожинать с радостью. С плачем несущий семена возвратится с радостью, неся снопы свои» (Псалтирь 125:5,6).

Также не менее важно объяснить подростку и физиологическое воздействие гормонов на его организм. Но делайте это не со смехом или упреками и не со злобой. Нет, с любовью и уважением и в наиболее подходящее для этого время попытайтесь объяснить ребенку, что от всплеска гормонов он может ощущать гнев, раздражительность, однако очень важно понимать, что эти всплески необходимо контролировать и перетерпеть. Объясните, что другие не виноваты, что в его организме происходят определенные изменения.

Таким же образом следует разбираться и со страхом отвержения. Родители могут остановить действие этого страха, пока он и отвержение не взяли всю ситуацию под свой контроль.

Родители, будьте бдительны и постарайтесь определить, нет ли данного страха у вашего подростка.

Как это понять? Если ребенок перестает вас слушать, постоянно ссылается на друзей, на их мнение и их поступки, пора действовать! Молитесь, начните проводить с ребенком как можно больше времени, только не оставляйте его наедине со страхом быть отвергнутым!

Ясно помню, как у меня начался подобный страх. У меня была подруга, с которой я сидела за одной партой много лет. Потом в классе шестом она мне заявила, что больше не хочет со мной дружить. Не сказав ничего конкретного, она развернулась и ушла. Лучше бы она объяснила мне причину своего решения, ведь тогда я могла бы понять, в чем была неправа или что именно не так сделала. В тот день я отправилась домой с болью в душе. До сих пор помню ту боль. Я очень плакала. Именно тогда я впервые ощутила чувство одиночества. Я переживала и долго мучилась. Мы больше не дружили, но мне ее очень не хватало. Одиночество стало «говорить» ко мне: «У тебя больше никогда не будет друзей, ты страшная, неинтересная, поэтому с тобой не хотят дружить. Зачем жить, если всё так плохо?» После этого я очень болезненно воспринимала слово «дружба» (я тогда была еще неверующей и, увы, многих вещей не понимала).

Я стала бояться, что не угожу кому-то из своих друзей. Я всячески им потакала, старалась, насколько это было возможно, не оказаться белой вороной, увиливала от стычек с ними. Друзья еще много раз меня отталкивали, а я не могла понять, в чем дело. Я стала бояться критики, равно как и сплетен, потому что для меня это было следующей ступенью вниз по лестнице, ведущей к ощущению страха отвержения.

Я тогда даже и не подозревала, что всё как раз наоборот. Белых ворон как раз все и уважают. Если человек имеет свое мнение и старается не быть похожим на других, он становится лидером. А еще я поняла, что не стоит угождать людям из страха, что они нас отвергнут. Получается как раз наоборот: нас отталкивают или используют в корыстных целях, потому что мы становимся подлизами, бесхребетными и неуважаемыми людьми. Всё, что делается из страха, приносит плохие плоды. А всё, что делается из любви и здравомыслия, приносит хорошие. Например, вы боитесь говорить правду, потому что думаете, что если вы ее скажете, то все от вас отвернутся. Но люди-то уважают как раз тех, кто умеет смело признаваться в чем-то. А если вы не говорите правду, то рано или поздно вашу тайну всё равно все узнают и вас еще больше осудят.

> *«Нет ничего тайного, что́ не сделалось бы явным; и ничего не бывает потаенного, что́ не вышло бы наружу» (От Марка 4:22).*

Только позднее я узнала, что угождать людям не стоит. Угождать следует Богу, а людей — любить. Сегодня сердце человека может быть переполненным любовью и желанием помочь, всё отдать, а завтра оно в гневе и ненависти полностью отвергает ближнего.

Но Господь не меняется: Он вчера, сегодня и вовеки тот же.

Ему и надо доверять!

«Лучше уповать на Господа, нежели надеяться на человека» (Псалтирь 117:8).

«Я, Я Сам — Утешитель ваш. Кто ты, что боишься человека, который умирает, и сына человеческого, который то же, что трава» (Исаия 51:12).

Не стоит бояться оказаться отверженным! Следует осознать, что не всем людям вы нравитесь, как и ваше мнение. Это совершенно естественно. Мы все очень разные. Да и вам тоже нравятся не все, и не всякое мнение вас устраивает! Достаточно вспомнить, как люди относились к Иисусу, и вам станет легче. На вас уж точно не бросались толпы обозленных людей, которые кричали: «Убей Его!» Вам не плевали в лицо и не избивали плетками. Вас не распинали на кресте, вбивая в ваши запястья огромные гвозди.

Просто научитесь любить людей такими, какие они есть. Иисус повелел нам любить наших врагов. Это не значит лишь испытывать к врагу любовь. Нет, это означает, что к нему следует проявлять доброту, что-то для него делать. Например, помогать, когда ему трудно. Да, заставить себя полюбить врага практически невозможно, но, когда вы начнете что-то для него делать, ваш враг перестанет быть врагом, а может, даже и другом станет!

Нам следует научиться правильному отношению к другим и к себе.

Страх отвержения чрезвычайно губителен. Он разрушает почти все сферы жизни. Он перекрывает кислород здравым решениям и поступкам.

Если подросток страдает из-за страха быть отвергнутым, то он, когда друзья предложат ему наркотики, скорее всего, не откажется от них — а всё лишь ради того, чтобы в очередной раз не получить рану отвержения. Безотказно принимая все плохие предложения, подросток как будто защищает себя от боли, которую способно вызвать чувство отверженности. А потом, сам не понимая почему, молодой человек вдруг оказывается совсем один, отвергнутый всеми друзьями. Вот тут дьявол и начинает напрямую предлагать ему свести счеты с жизнью. К сожалению, подростки порой принимают это предложение и приводят в исполнение.

Но ведь не вы сами дали себе жизнь, следовательно, не имеете права и отнимать ее у себя!

Страх отвержения — лжец. Каждый человек важен и нужен. Каждый обладает своим неповторимым призванием. Вы очень важны для Бога и для людей, родных и близких. Пусть Он поможет вам крепко встать на ноги, поверить в Него и Его любовь лично к вам!

Вы еще даже сами не знаете, какой у вас потенциал для того, чтобы добиться великих свершений, совершить невероятные победы и стать неповторимым и уникальным в своем роде во всём, что вы делаете! Поднимите глаза к небу, откуда приходит помощь!

Вы важны, очень важны!

17
ЧЕЛОВЕК Я НЕ РЕЧИСТЫЙ

«И сказал Моисей Господу: о, Господи! человек я не речистый, [и таков был] и вчера, и третьего дня, и когда Ты начал говорить с рабом Твоим: я тяжело говорю и косноязычен» (Исход 4:10).

Многие люди в наши дни, когда им приходится говорить, или их просят что-то сказать, сильно переживают, а то и вовсе отказываются это делать. И если так сказал Моисей, вошедший в библейскую историю как великий муж Божий, то что я? Что я могу сказать?

Многие известные актеры, певцы и политики откровенно признаются, что перед выступлением их трясет, тошнит, крутит живот, дрожат руки, их мучают мысли о возможном неудачном выступлении, они боятся упасть на сцене или перед всеми опозориться.

Недавно мой муж побывал на одном российском кинофестивале. Вела этот кинофестиваль известная актриса, ведущая популярных российских телешоу, дочь знаменитых российских актеров. Вернувшись с кинофестиваля, Николай рассказал, что она сильно переживала и нервничала перед тем, как выйти на сцену. Это было очевидно. Сама ведущая признавалась, что очень боится говорить перед людьми.

Люди есть люди, и страх не смотрит ни на возраст, ни на материальное положение человека, ни на его известность. Я вспоминаю дни, когда я просто часами не разговаривала. Мне казалось, что язык прилип к нёбу и перестал двигаться. Я молчала, потому что знала, что могу произнести глупость или что мое мнение никому не интересно.

Расскажу историю из своего раннего детства. Насколько я помню, это случилось, когда я училась в первом или во втором классе. Конечно, не слишком скромно, но я была очень умной девочкой. Помню, что нередко мой острый ум даже ставил меня в неловкое положение. Будучи еще маленькой, я могла задавать слишком взрослые вопросы. Мне было не понять, почему в первом классе учат каким-то глупостям, ведь и так всё было ясно и понятно. Училась я очень хорошо, и на занятиях мне было скучно. Мои ровесники задавали вопросы, которые мне казались совершенно глупыми. Например, звучал вопрос: «Почему солнце желтое?» Или: «Почему идет дождь?» Я сердилась и, конечно же, считала себя умнее всех. Это было плохо, но так было.

Время шло, и я всё больше и больше становилась в своем классе белой вороной. Дети смеялись надо мной, унижали меня и не хотели со мной дружить. И я понимала почему, ведь и мне было совсем не интересно с ними. Настолько скучно, что я даже не знала, о чем с ними говорить!

Однажды вечером я была дома и размышляла над тем, что у меня нет друзей. Конечно, мне было обидно и одиноко постоянно оставаться одной. Я очень хотела иметь много друзей. И на этот раз мой острый ум меня не подвел — как мне тогда показалось. У меня возникла идея: мне тоже нужно начать задавать глупые вопросы и разговаривать на все эти скучные темы, как это делают мои одноклассники! Вот тогда они и примут меня в свой круг. Увы, во многих сферах так бывает. Когда все курят, куришь и ты — лишь бы не выделяться! Вот я и приняла такое решение. Первое, что я сделала, пошла к своей сестре и задала вопрос, на который знала ответ: «Почему солнце желтое?» Моя сестра смерила меня таким взглядом, что я поняла: ответа не будет. Я ушла, но начало было положено.

Придя в школу, я сразу же стала внедрять свою новую идею в жизнь. И ведь это сработало! Через пару недель я уже имела много друзей и была очень довольна. Но я тогда и понятия не имела, какой разрушительной силой в моем будущем станет эта новая блестящая идея.

Время шло, я подрастала, и чем дальше шло дело, тем хуже становился мой характер. Я стала одним из предводителей очень плохой компании в нашей школе. Злость и ненависть к людям — этакие горькие плоды на дереве моего сердца — зрели во мне каждый день. Я стала как все. Цель была достигнута. Пустота в сердце сильно давила на меня, и я не понимала смысла этой жизни. Раньше смыслом и целью жизни для меня было стать как все. Но что дальше? Мой острый ум больше не подавал никаких признаков жизни. Я его поменяла на симпатию друзей.

Ранее я уже рассказывала, что было дальше, и как изменилась моя жизнь. Но из всей этой ситуации я сейчас извлекла урок: в жизни часто появляются такие перекрестки, где наше решение определяет наше будущее. Теперь я точно знаю: если бы я тогда не приняла это крайне глупое решение, в моей жизни не оказалось бы таких серьезных проблем с речью, или, если бы всё же оказалось, они были бы намного меньше и не столь глубоки.

Я боялась говорить. После того как я опустилась на уровень глупых вопросов, мне стало казаться, что и говорю я только глупости, — и понемногу я стала бояться говорить. Даже мой собственный голос казался мне некрасивым и несуразным. Да, я знаю, что подростковый возраст может влиять на эти вещи, но тут дьявол сыграл свою роль очень хитро.

Помню, когда мне задавали вопросы, я отвечала только «да» или «нет», а ведь в некоторых случаях могла и побольше сказать. Со мной стало неинтересно общаться. Всё вернулось к тому моменту, когда я приняла это глупое решение. До этого я была никому не интересна, а теперь, спустя годы, я вновь осталась ни с чем. Люди, начав со мной говорить или знакомиться, через пару минут переходили к другим собеседникам. Я это видела, и мне было очень больно. Я не знала, как это изменить, — старалась, но не получалось.

Я уверовала в Христа, у меня появилась семья, однако неуверенность в моей речи всё равно осталась. Иногда это было трудно терпеть, даже мой муж сердился: «Говори! Почему я за тебя всё должен говорить? Чего ты боишься?»

Однажды Бог проговорил в мое сердце. Он сказал мне, что я слишком часто отвечаю отказом на просьбы людей. Я говорила «нет», когда меня просили сделать что-то, чего я боялась. Я думала, что, если я боюсь, значит имею право отказаться. И я приняла невероятно важное и нужное, почти невозможное для себя решение: на все просьбы, связанные со служением Богу и людям, я буду отвечать *да*. Это было, скорее, обещание Господу. Я была очень удивлена, но после этого меня просто завалили самыми разными просьбами. Причем просьбы эти были более чем серьезны.

Жена пастора стала просить меня выступать на женских служениях, а также ездить по детским домам и больницам и выступать там. Потом меня стали приглашать на съемки телепередач. И, как вы понимаете, все эти просьбы были связаны с публичными выступлениями. Первая моя проповедь состоялась в одном из российских городов: я выступала перед женщинами. Не скажу, что проповедь удалась — она была слишком короткой. Но первый шаг был сделан. Перед этим я тряслась, у меня болел живот, и мои конспекты были написаны самыми большими буквами, так что и слепой мог бы это прочесть. Пастор Рик и его жена Дэнис очень радушно поддерживали меня. Пастор говорил, что во время выступления перед людьми я должна представлять, как какой-то очень близкий мне человек сидит передо мной, и обращаться к нему. А самое главное в публичном выступлении — это испытывать к зрителям любовь, сострадание понимание. Люди нуждаются в Божьем Слове, но ведь нужны и те, кто будет смело его возвещать!

Страх не смог остановить меня на пути к осуществлению моего призвания в Боге, хотя и очень старался. Я заметила, что призванные выступать перед людьми зачастую еще с детства испытывают большие трудности с речью, имеют низкую самооценку или недовольны своим внешним видом.

Дальше получилось так, что мы с мужем начали семейное служение. И началось: поездки, подготовка к проповедям... Там, на семейных служениях, я выкладывалась по полной. Я не стеснялась говорить о своих ошибках, полностью открывала свое сердце. Каждого человека можно сравнить с сосудом, который Господь, если человек позволит, наполнит живой водой. Человек не только сам будет напоен этой водой, но и других сможет напоить.

«Благотворительная душа будет насыщена, и кто напояет [других], тот и сам напоен будет» (Притчи 11:25).

Страх можно сравнить с барьером. Но будете ли вы сидеть и плакать возле барьера или, приняв твердое и окончательное решение, преодолеете его, зависит только от вас.

Человек, если он решит, может всё преодолеть! Перешагнув через один барьер, он будет стремиться перешагнуть и через следующий. Но как много людей останавливается при одном только его виде! Их пугает он сам. Что уж говорить о том, чтобы еще и перепрыгнуть через него! Могу вас обрадовать: после этого барьера будет следующий, а потом еще один — и так до финиша. Всё это для того, чтобы мы не расслаблялись, чтобы всегда стремились идти вперед.

Передо мною возникло огромное, на первый взгляд, препятствие — такой высокий барьер, который мог полностью остановить меня в служении: я литовка и до восемнадцати лет не говорила по-русски! К тому моменту, когда я начала выступать перед людьми, я уже хорошо освоила русский язык, однако акцент у меня всё еще оставался. Мне приходилось переступать не только через страх, но и через неудобство и ограничения разговора на неродном для меня языке. Тем не менее могу отметить одну удивительную вещь: когда стоишь перед людьми, Божье помазание выравнивает все неровности и удаляет все препятствия!

А однажды настала пора проповедовать и на

английском! Я собрала все силы и ответила *«да»* на предложение поехать в американскую тюрьму и служить женщинам на английском языке. Мы проводим там служения и библейские уроки. Богу всё возможно! Я приняла решение говорить *«да»* Господу, а всё остальное обеспечивает Он Сам.

Сейчас я выступаю свободно и перед тем, как обратиться к собранию людей, не боюсь и не страдаю. Конечно, иногда я ощущаю волнение, но совсем перестала обращать на это внимание. Слава Богу! Как здорово осознавать, что Господь берет меня, как глину, в Свои руки и лепит, творит что-то совершенно новое! Я не противлюсь этому, а, как послушная глина, доверяю себя Горшечнику. Знаю, что порой Ему приходится ставить меня в печь, чтобы «глина» стала крепкой.

Я понимаю это и выдерживаю силу пламени, зная, что мне это необходимо!

18
БОЯЗНЬ МОРЯ И ГЛУБИНЫ

Море мне никогда не нравилось — оно меня пугало. Стоит ли вообще говорить о море, если даже в бассейне я испытывала ужас!

Будучи уже девушкой, я всячески избегала поездок в бассейн с подругами. Мне было стыдно, что я не только не умею плавать, но и боюсь научиться. В девятнадцать лет я всё-таки заставила себя научиться плавать в бассейне. Научилась, но до сих пор плаваю «по-лягушачьи». Сейчас я уже не боюсь воды, ведь я умею плавать, так что могу заплывать даже и на глубину. Но море — это другой вопрос. Всякий раз, когда мы с семьей приезжали к морю, я не могла им наслаждаться. Все вокруг купались, смеялись, отдыхали, а у меня внутри всё сжималось. Так, в напряжении, я и проводила возле моря всё время нашего отдыха. Я не могла взять в толк, как человек может наслаждаться этим монстром? Такой шум, волны сбивают с ног, что-то та-кое неспокойное, ужасное...

И опять думаю: странная я, всем нравится, а я возле моря

— как ежик колючий. Почему я такая, почему у меня всё не так, как у нормальных людей?

Подобные размышления привели меня в детство. Я выросла в Литве. В прежние времена Литва была языческой страной, и многие сказки, истории, предания и праздники основывались на суевериях и идолопоклонстве. В сущности, наверное, в каждой стране в какой-то мере такое может быть. Что я имею в виду, говоря об идолопоклонстве в литовских праздниках? Это поклонение матери-земле, огню, луне, воде, то есть природе. Бог категорически запретил это делать. Идолопоклонство приносит лишь проклятие, приводит к разным психическим и душевным отклонениям, приносит страдания.

Литовские сказки наполнены идеями и образами поклонения природе. В школе все дети должны прочитать эти сказки, провести их анализ и по результатам написать сочинение. Поскольку Литва располагается на побережье Балтийского моря, многие сказки связаны именно с ним. Одна из них — «Ель — королева ужей». Эту сказку мы не только читали в детстве, но и по ее мотивам написаны песни и даже снят целый мультфильм. Она включена в школьную программу. В этой сказке столько колдовства и жестокости, что ее можно сравнить с фильмом ужасов! Остается лишь догадываться, что представляет себе ребенок, читая историю, в которой повествуется о кровавой морской волне, о пытках в лесу и о доме, полном змей.

Чтобы понять, о чем идет речь, наберитесь терпения и прочитайте эту сказку. Поверьте, мои прежние страхи вполне могли взять свое начало именно в ней.

Ель — королева ужей

Давным-давно, в незапамятные времена, жили старик со старухой. И было у них двенадцать сыновей и три дочери. Младшую звали Елью.

Однажды летним вечером пошли сестры купаться. Поплавали, поплескались вволю и вылезли на берег одеваться. Только видит младшая — забрался в рукав ее сорочки уж. Как тут быть? Схватила тогда старшая сестра кол, хотела его прогнать, но уж обернулся к младшей и заговорил человечьим голосом:

— Обещай, Елочка, пойти за меня замуж, тогда я сам выползу!

Заплакала Ель: как она пойдет за ужа? В сердцах отвечала ему:

— Отдай сорочку подобру-поздорову, а сам уползай, откуда приполз.

Уж твердит свое:

— Обещай, что выйдешь за меня замуж, тогда я сам выползу. Что было делать Ели? Она и пообещала.

Не прошло и трех дней, как множество ужей приползло к старикам во двор. Перепугались все, а незваные сваты-ужи ввалились в избу родниться со стариками и невестой. Сперва родители удивились, рассердились, слышать ничего не хотели. Да что поделаешь, слово дано. Хочешь не хочешь, а приходится отдать им самую пригожую дочку. Оплакали домашние Елочку, нарядили и отдали ужам. Ель с провожатыми приехала на берег моря. Там встретил ее красавец-молодец и сказал, что он и есть тот уж, который заполз в рукав ее рубашки. Тотчас переправились они на ближний остров и там спустились под землю, на самое дно морское. А на дне морском стоял богато разукрашенный дворец. Там и свадьбу справили. Во дворце Ужа всего было вдоволь. Развеселилась Ель, успокоилась, а потом и вовсе забыла родной дом.

Миновало девять лет. У Ели уже три сына было — Дуб, Ясень и Береза и дочурка самая меньшая — Осинка.

Однажды старший сын стал у матери допытываться: «Где живут твои родители, матушка? Вот бы их навестить». Тут только и вспомнила Ель отца с матерью, сестер и братьев — всю свою родню. И задумалась: как-то им там живется? Здоровы ли, живы ли, а может, стариков уже и на свете нет? И так-то захотелось ей взглянуть на родной дом. Ведь столько лет не была она там, не видела отца и матушку, так истосковалась по ним. Но муж сперва и слушать ее не хотел.

— Ладно, — наконец согласился Уж. — Отпущу тебя. Только спряди-ка вот эту шелковую кудель, — и показал ей на прялку. Взялась Ель за прялку — и день и ночь прядет, а кудель меньше не становится. Смекнула Ель, что тут какой-то обман: кудель-то, видать, была заколдованная, пряди — всё равно не спрядешь. И пошла она к колдунье, жившей по соседству. Приходит и жалуется ей:

— Матушка, голубушка, научи меня спрясть эту кудель. Старуха и говорит:

— Затопи печь, брось ее в огонь, иначе ее вовек не спрясть! Вернулась Ель домой, затопила печь — будто под хлебы — и бросила кудель в огонь. Шелк так и вспыхнул; и увидела Ель жабу, величиной с добрый валёк: она прыгала в огне и пламени и выпускала из жаркого рта шелковую пряжу. Догорел огонь. Исчезла жаба, а пряжа осталась. Взяла тогда Ель и спрятала пряжу и опять стала мужа просить отпустить ее хоть дней несколько погостить у родителей. На этот раз вытащил он из-под скамьи железные башмаки и сказал:

— Как износишь их, так и пойдешь.

Переобулась Ель и ну ходить, топать, разбивать их об острые камни. А башмаки толстые, крепкие, не стаптываются, да и только. Нет им износа, на весь век хватит. Опять пошла Ель к старухе колдунье за советом, и та научила ее:

— Отнеси башмаки кузнецу, пусть их в горне накалит.

Ель так и сделала. Башмаки прогорели, и она в три дня износила их и снова стала просить мужа отпустить ее к родителям.

— Ладно, — сказал муж, — только сперва испеки пирог, а то без гостинца идти не полагается. А сам велел всю посуду попрятать, чтобы Ели не в чем было тесто поставить. Долго ломала голову Ель, как принести воду без ведра, как замесить тесто без квашни? И опять пошла к старухе. Та и говорит:

— Замажь решето закваской, зачерпни речной воды и в нем же замеси тесто.

Ель так и сделала. Замесила тесто, испекла пироги и собралась с детьми в дорогу. Проводил их Уж, перевел на берег и наказал:

— Гостите не больше девяти дней, а на десятый возвращайтесь! Выходи на берег моря с детьми без провожатых и покличь меня:

Если жив ты, муж мой верный, Брызнут волны белой пеной, Если помер — пеной красной...

Вскипит море молочной пеной, знай, что жив я, а вскипит кровавой пеной, значит, пришел мне конец. А вы, дети, смотрите никому не проговоритесь, как меня выкликать надо.

Сколько было радости, когда Ель в отчий дом явилась! И родичи и соседи собрались поглядеть на нее. Один за другим расспрашивали, как ей со змеем живется. Она только рассказывала и рассказывала. Все наперебой угощали ее, говорили ласковые речи. И не замечала Ель, как дни летели.

Тем временем двенадцать братьев, сестры и родители раздумывали, как бы удержать Ель дома, не отпустить ее к Ужу. И порешили выведать у детей, как станет Ель вызывать мужа со дна морского. А потом туда пойти, выманить его и убить.

Завели они старшего сына в лес, обступили его и стали спрашивать. Только он прикинулся, будто знать ничего не знает. Как ни пугали его, что ни делали, а допытаться не могли. Отпустили его, наказали ничего не говорить матери. На другой день взялись они за Ясеня, а потом за Березку. Но и те тайны не выдали. Наконец завели в лес меньшую дочку — Осинку. Сперва и она отнскивалась, говорила, что не знает, а как пригрозили ей розгами, сразу всё выболтала. Тогда двенадцать братьев взяли косы острые, вышли на морской берег и кличут:

Если жив ты, муж мой верный, Брызнут волны белой пеной, Если помер — пеной красной...

Только выплыл Уж из моря, напали на него двенадцать братьев Ели и зарубили. Вернулись они домой, ничего сестре не сказали. Прошло девять дней, миновал срок, Ель распростилась с родичами, вышла с детьми на морской берег и кличет мужа:

Если жив ты, муж мой верный, Брызнут волны белой пеной, Если помер — пеной красной...

Замутилось, зашумело море, вскипела кровавая пена, и услышала Ель голос своего мужа:

— Двенадцать братьев твоих косами зарубили меня, а выдала им меня Осинка, любимая наша дочка.

Ужаснулась Ель, заплакала и, обернувшись к трусливой Осинке, молвила:

Стань пугливым деревцем на свете, Век дрожи, не ведая покоя, Пусть лицо твое дождик моет, Волосы твои терзает ветер.

А сыновьям своим верным, смелым сказала:

Станьте большими деревьями, Елью я зазеленею рядом с вами.

Как она сказала, так и стало. И теперь дуб, ясень и береза — могучие, красивые деревья, а осина и от самого легкого ветерка дрожит — всё за то, что побоялась своих дядей и выдала им родного отца.

Сколько же в этой сказке глупости и странностей для детского ума, да и для взрослого!

Говорят, что сказки — это поучение для нас. В чем же тут поучение? Неужели в том, чтобы за ужей замуж не выходить или под пытками тайны не выдавать? И в чем же тут материнский пример, если Ель так прокляла своих детей, что они превратились в деревья? Мой сарказм вам понятен, да и деревья в Литве появились явно не таким образом!

Под влиянием подобных сказок люди начинают разговаривать с деревьями, потом поклоняются им, а в конечном итоге вообще сходят с ума! Вы никогда не задумывались, почему в большинстве сказок пишется о смерти, колдовстве, предательстве и о разных других ужасах? Люди превращаются в зверей, всюду снуют колдуны и колдуньи, страшилы и никому не понятные персонажи, из уст которых непрестанно сыплются проклятья и наговоры. Этим содержание большинства местных сказок и отличается.

В наше же время дети смотрят фильмы о звездных

войнах, о борьбе роботов и о вампирах, несущих смерть. Зачем это нужно столь молодому и еще не сформировавшемуся человеческому разуму? И кто задался целью проникнуть в детское сознание и заполнить его такой мерзостью?

А ведь главная причина, по которой души наших детей наполняются сюжетами этих вредных, полных зла и ненависти фильмов, мультфильмов и сказок, заключается в нас, родителях. Ведь это мы имеем доступ к своим детям. Если вашему ребенку страшно купаться в море, может, стоит узнать, что ему «залили в мозг» в школе. Конечно, не только от прочитанного бывают страхи. Но это один из самых серьезных источников.

Как часто нам не хватает времени, понимания, смелости и терпения беседовать об этом с нашими детьми! Как часто мы убеждаем себя: «Да, что уж там. Во всём мире эти книжки читают и такие мультфильмы смотрят! Что я могу изменить?» Инстинкт толпы. Мышление толпы. Куда все, туда и я!

Вы можете помочь своим детям! Не игнорируйте их и то, чем они живут! Придет время, и дети будут вам очень благодарны. Каждый день обращайте внимание на то, чем они занимаются. В новостях показывали сюжет о том, как в России в одной семье подняли шум на всю страну по поводу школьных учебников. Вам, конечно, известно, что школы постоянно обновляют свои программы, добавляя новые дисциплины, под которые пишутся и новые учебники. И вот такие новые учебники ввели в одной из российских школ. Они были современные и полностью отличались от учебников старого типа. Все были рады, это прошло на «ура», пока родители одного из школьников внимательно не просмотрели эти книги. Издания буквально изобиловали рисунками смерти, кладбищ, скелетов, причем все иллюстрации были выполнены в черно-белом варианте. Что еще сильнее смутило родителей, так это тот факт, что в новых учебниках было много написано о наркотиках, самоубийствах, однако в тексте не было сделано особого ударения на то, что эти явления крайне опасны. И ведь родители добились-таки изъятия этих учебников из школ! А если бы не добились? Все бы дети России учились по этим отравленным ложью книгам. Даже в новостях прозвучала примерно следующая фраза: «Похоже, что эти учебники составляли сатанисты».

Противники запрета этих учебников говорили, что ничего страшного в них нет, мол, кто кладбищ не видел? После было решено провести опрос среди детей. Большинство учеников сказало, что это нормальные и интересные учебники! Разумеется! Ведь запретный плод сладок и привлекателен! Но, слава Богу, были и такие среди них, кто здраво оценил ситуацию и признал их опасными.

Враг хотел добраться до детей в школе, однако здравомыслие и ответственное отношение родителей остановило его. Сегодня общеобразовательные школы всё больше и больше игнорируют христианскую мораль, а ведь это уже крайне опасный путь!

Вернемся к разговору о море. В сказке «Ель — королева ужей» представлено откровенно ложное описание моря: это опасное место, где находится царство ужей, а на волнах может появляться пена из крови. В море живут колдуны и ужи, и если кто-то соберется искупаться в море, то уж может залезть к нему в одежду. Вот с каким описанием моря сталкиваются дети, читая эту сказку. Помню, как в детстве, когда мы приезжали к морю, я глазами искала вдоль побережья растущую ель, дуб, ясень, березу и дрожащую осину. Мне было жаль детей, которые превратились в деревья. Только никак не пойму, зачем моя голова была наполнена этой совсем неполезной и ненужной информацией?

Сказка о Ели — это лишь одна капля из всего того океана информации, которую получает ребенок дома и в школе. И если детский разум постоянно засоряют такой информацией, то не надо и удивляться тому, что у нас так много страхов.

Смотришь на бесстрашных людей, которые скачут по волнам на досках для серфинга, потом падают, плывут, опять становятся на доски, — и кажется, они родились без всяких страхов, они даже не знают, как опасна глубина моря. А может, всё дело в том, какую информацию они получили с детства от родителей?

Море полно красоты и жизни. Сколько чудесных обитателей можно встретить в его водах! Особенно поражает воображение морское дно и то, что там происходит. Чудо великое! Художники изображают море. Поэты слагают о нем стихи. А в скольких песнях воспеваются его бескрайние просторы! И везде о море говорится или поется как о чем-то прекрасном, сильном и вдохновляющем! Корабли перевозят по морю тяжелые грузы, а в морской пучине находят жемчуг, янтарь, кораллы и много всего невероятно интересного и красивого.

Морская вода и морская соль используются как лекарственные средства. Водоросли, рыба и разнообразные морские обитатели являются источником витаминов и минералов.

Море неоднократно упоминается и в Библии. Оно послушно Богу. Вам же знакома история о том, как море разделилось для того, чтобы Израиль по высохшему дну перешел на другой берег, а затем сомкнулось и поглотило врагов Божьего народа. Бог легко управляет морем.

Море поражает своими масштабами, широтой, силой волн, шумом прибоя. Там, где в Писании говорится о Божьем голосе, он сравнивается с шумом моря или шумом «многих вод»:

«И вот, слава Бога Израилева шла от востока, и глас Его — как шум вод многих, и земля осветилась от славы Его» (Иезекииль 43:2).

«...и голос Его, как шум вод многих» (Откровение 1:15).

Моря не нужно бояться — им нужно наслаждаться. А в легком веянии свежего морского ветерка так приятно отдохнуть и поразмышлять! Море дано нам в благословение. И как же важно каждому человеку уже с рождения узнать правду о нем!

Есть очень много людей, которые не умеют плавать и боятся глубины. По сути, это не такая и большая проблема — на качество жизни никак не влияет. Однако если уж очень хочется преодолеть страх глубины, мой совет: вначале начните с бассейна, с тренером. А потом в море, но тоже с тренером.

И каждый раз перед тем, как зайдете в воду, помолитесь о Божьей охране.

19
БОЯЗНЬ ВЫСОТЫ И СТРАХ СМЕРТИ

Боязнь высоты — это не первопричина. Это следствие. Причиной же является страх смерти. Человек боится смерти, и это и есть самый настоящий, реальный страх, хотя почти у всех людей слово «смерть» сопровождается чем-то непонятным, необъяснимым. Избавившись от страха смерти, вы наверняка избавитесь и от боязни высоты. Вообще, смерть — это нечто неизвестное для человека. А неизвестность нас пугает. Как оно там будет? Будет ли больно, страшно, каким образом я умру? И ответов на эти вопросы у нас нет.

Что там за чертой смерти? Я написала статью о своих размышлениях на эту тему. Статья называется «После смерти».

После смерти

Две мысли всегда не давали мне покоя: как похудеть, и

как я буду умирать. Не сейчас умирать, потом, в старости, надеюсь.

У меня в детстве был один сильный страх. Когда я об этом думала, меня пронизывал ужас. Мои передние зубы сильно выступали вперед, как у зайца. Когда я улыбалась, то прикрывала рот ладошкой, чтобы не пугать людей. Я очень боялась, что, когда умру и меня положат в гроб, зубы будут так выпирать вверх, что я не смогу губы закрыть и буду очень неприлично выглядеть. Когда впоследствии я рассказала об этом мужу, он посмеялся и добавил: «Еще и крышка гроба не закрылась бы».

Это была моя единственная мысль о смерти: как я буду выглядеть в гробу.

Зубы я потом подравняла и забыла о детских страхах. Но с возрастом к моим размышлениям добавились еще вопросы: а это будет больно? А что дальше? Меня просто не станет и всё? Исчезнет такая Рената, которая жила и мечтала?.. Как-то не совпадали эти две мысли: *«не будет больше никогда»* и *«жила и мечтала»*. Моя душа огромна, я могу размышлять о нескольких вещах одновременно, могу писать стихи, песни, играть на гитаре, рисовать, танцевать, делать добро и... меня не станет? Понимаю, тела не станет. А вот того всего огромного, что внутри? Как-то легче представить, что тела не станет. А внутренний человек — та самая душа, которую Бог и спасает, вот она вечна.

Душа наша будет жить вечно! В Библии довольно много говорится об этом.

«Мы же не из колеблющихся на погибель, но [стоим] в вере ко спасению души» (К Евреям 10:39).

Когда я поняла, что моя душа будет жить вечно, я

перестала бояться. Многие верующие боятся и спрашивают: «Как жить так, чтобы спастись?» Риск пойти в ад после смерти очень велик. Наверное, правильно будет сказать: «Не хочу рисковать никак и ничем». То, что ад есть, я давно уже знаю. Только вспомню, сколько искушений, сколько противных болезней, сколько страхов я пережила, как понимаю, что сатана есть и всеми способами отводит нас от Бога, — это уж без сомнений. Если сомневаетесь в Боге, подумайте об обратном: насколько часто вы сталкивались с какой-то ужасной ситуацией, когда вроде и людей рядом не было, но что-то точно было, аж лицо каменело и руки потели. От чего? Никого же не было?

Есть сатана, и есть ад. Духовный мир существует. Не зря столько говорится о вере. Видеть не можем, но верим.

Как спастись? Душа будет жить вечно, ну, а дальше только два варианта на выбор: в аду или в раю.

Спасаемся мы через Иисуса Христа. Он умер за наши грехи, потом на третий день воскрес. В Библии предлагаются шаги, как из неверующего и неспасенного человека стать верующим и спасенным.

«Ибо, если устами твоими будешь исповедывать Иисуса Господом и сердцем твоим веровать, что Бог воскресил Его из мертвых, то спасешься. Потому что сердцем веруют к праведности, а устами исповедуют ко спасению» (К Римлянам 10:9–10).

Я это сделала, когда мне было лет шестнадцать. Сейчас мне сорок четыре. И я не боюсь смерти. Я вообще не переживаю. Однажды мне угрожали какие-то ребята. Я возвращалась вечером домой, а они перекрыли мне дорогу. Я стала рассказывать им о Боге. Они сказали: «Вот убьем тебя сейчас, и Бог не поможет». Я им ответила: «Тело-то вы убьете, а дух убить не сможете. Дух вечно будет жить!» Они замолчали и отпустили меня. Вот и Бог помог!

Есть такая молитва, называется «Молитва спасения». Если вы поняли что вам сегодня это нужно, очень нужно, прочитайте ее, но от сердца, ведь сердцем веруют, а устами исповедуют.

Молитва спасения

Бог Отец! Сегодня я прихожу к Тебе такой, как есть. Ты меня знаешь. Я хочу через эту молитву получить спасение и вечную жизнь. Я верю, что Ты послал Своего Сына, Иисуса Христа, чтобы я имел возможность покаяться и примириться с Тобой. Я верю и исповедую Иисуса Господом. Я верю, что Он умер и воскрес ради моего оправдания. Прости мои грехи — я был не прав. Пусть святая кровь Христа, пролитая за меня, омоет мою совесть.

Я каюсь и отрекаюсь от грехов. Помоги измениться — сам я не смогу. Будь Господином и Богом моей жизни. Руководи, веди, учи меня. С этого момента я пойду за Тобой.

Спасибо за чудо спасения души. Да спасется и весь дом мой! Аминь.

Вот так спасается душа. А потом меняется жизнь. Потом молитва становится разговором. Не монологом, а диалогом. И нужно идти за Христом, читать Библию, чтобы узнать характер Бога, готовиться к встрече с Ним! Приду на небо, а Иисус встретит и скажет: «Добрый и верный друг мой! Входи в покой мой! Рената молодец, входи!»

Вот это будет встреча! И какая разница, как я выглядела в гробу, ведь дальше всё самое интересное начинается!

Жду встречи, очень жду встречи.

Где-то слышала такое объяснение, даже определение, почему человек боится смерти или, наоборот, не боится. Это объяснение не находит прямого подтверждения в Библии, но я предполагаю, что в нем есть доля истины. Когда умирает неверующий человек, за ним приходит ангел смерти. А это прямое соприкосновение с адом и вечной смертью. Это страшно. Человек мучается, извивается, пытаясь избежать этой ужасной встречи со смертью. То, что ожидает неверующих людей в аду, страшно и представить: мучения. Люди будут желать и искать смерти, чтобы положить конец всем своим мучениям, но не смогут этой самой смерти найти. Адские мучения будут вечными.

«Тогда скажет и тем, которые по левую сторону: „идите от Меня, проклятые, в огонь вечный, уготованный диаволу и ангелам его“ (От Матфея 25:41).

Когда умирает верующий — человек, любящий Бога, за ним, чтобы забрать его на небеса, приходит Божий ангел. В этом нет ни мучения, ни страха: человек просто закрывает глаза и уходит на небеса. Я слышала много свидетельств о том, что верующие умирают спокойно, не мучаясь. Часто на их лицах перед смертью видят улыбку. Я верю, что в момент смерти верующий человек сразу соприкасается с небом. Небо принимает его для дальнейшей жизни.

«Зная, что Христос, воскресши из мертвых, уже не умирает: смерть уже не имеет над Ним власти» (К Римлянам 6:9).

«Когда же тленное сие облечется в нетление и смертное сие облечется в бессмертие, тогда сбудется слово написанное: „поглощена смерть победою“.» (1-е Коринфянам 15:54).

Я не боюсь умирать. Конечно, всё равно непонятно и странно, как я умру. Как все это будет? При мысли об этом я испытываю легкий трепет, но страха нет. Знаю, что после смерти я сразу, мгновенно, соприкоснусь с небом, увижу то, о чем так много говорил Иисус, пророки, апостолы, Библия. Это будет чудом. Я перейду не в смерть и мучение, а в жизнь вечную.

А вот теперь о боязни высоты. В общем и целом боязнь высоты — это страх позитивный, заложенный в нас Богом как инстинкт самосохранения. Но данный инстинкт должен оставаться в определенных рамках. Например, если вы не можете перейти на другую сторону моста, когда все уже давно перешли, это уже не инстинкт самосохранения. Это фобия, над которой нужно работать и ее преодолевать.

Если вы испытываете боязнь высоты, постарайтесь не прокручивать в своих мыслях страшные картины. Попробуйте заменить мысль о плохом и страшном на альтернативную мысль — рациональную.

Предположим, вы идете по мосту, висящему высоко над рекой. Вы объяты ужасом, начинаете представлять, как мост рушится, как вы летите с этим мостом вниз и тонете. Страх зарождается в мыслях. Запретите себе прокручивать эту картину, наоборот, попытайтесь представить, что этот мост построили профессионалы, что он сделан из самого крепкого материала. Представьте, что вы смело проходите по этому мосту на другую сторону.

Когда боитесь, всегда старайтесь представить счастливое, успешное завершение дела. Увидьте, как вы уже стоите на твердой земле по другую сторону ущелья, над которым нужно пройти. Ваше представление позитивного завершения того, что вы боитесь сделать, называется верой и уверенностью.

Объясню это подробнее. Скажем, вы боитесь спать один в доме. Постарайтесь представить прекрасное утро: вы просыпаетесь, идете завтракать. Или вы боитесь летать самолетами. Оказавшись в самолете, представьте, как вы приземлились в том городе, куда летите.

Вера в позитивные вещи приносит позитивные плоды. Не верьте в суеверия — это обман. Это такой маневр дьявола, чтобы люди перешли от веры в Бога к суеверию. Легче верить суевериям, чем Господу, потому что, если вы начнете верить Ему, вам придется изменить жизнь, отвечать перед Ним за содеянное, очистить совесть. Верить непросто, но результаты потрясающи! Начните видеть себя с легкостью делающим то, чего вы боитесь. Продолжайте представлять это каждый день и по многу раз. И, когда вам по-настоящему придется сделать то, чего вы боитесь, вы сможете. Безусловно, ощущение страха будет, но появится и смелость, и решительность. Главное — понять, что человек чаще всего боится пережить само чувство страха, а не последствия. Вдумайтесь в это. А само чувство страха — это, по сути, только чувство и ничего более.

20
СВДС
(СИНДРОМ ВНЕЗАПНОЙ ДЕТСКОЙ СМЕРТИ)

Помню, когда рождались наши дети, я просыпалась по ночам и возле кроватки, затаив дыхание, слушала, дышит ли мой ребенок. Жив ли он?

Как я уже упоминала, в нас, особенно в мамочек, вложен инстинкт беспокойства о ребенке — но не до паники или до мучительного страха. Проснуться, проверить ребенка — это нормально, но день и ночь об этом думать и быть на грани срыва — уже нет.

Опять же, важно, кому мы верим, что читаем. Например, информация о СВДС встречается почти во всех книгах для будущих мам, в разных журналах или медицинских справочниках. Эта информация — словно магнит с надписью «страх», который сразу притягивает к себе сердце будущих родителей. Речь идет о показателях смертности детей в раннем возрасте, или «смерти в колыбели». На медицинском языке внезапная детская смерть называется синдромом внезапной детской смерти, сокращенно — СВДС. Главное, что информация только пугающая —

альтернативной информации мало. Одним словом, прочитал, испугался — и дальше живи с этим, как хочешь.

Врачи до сих пор точно не знают всех причин этого ужасного явления — детской смертности в раннем возрасте, причем, чаще всего, вполне здоровых детей. Они высказывают разные предположения, такие, например, как сон ребенка на животе, очень мягкий матрас, укутывание ребенка, осложнения при беременности и т. п. Но назвать точную причину этого явления достаточно сложно. Что же может быть ужаснее, чем найти новорожденного ребенка мертвым?

Опытные врачи могут достаточно четко объяснить многие реальные причины болезней. Однако любой доктор вам скажет, что есть некоторые смертельные болезни, причины или источники которых им совсем неизвестны. Это тайна — тайна, которую Господь еще не позволил человечеству раскрыть.

Всем сердцем соболезную тем, кто, увы, потерял ребенка. Бог не зря сотворил вашего малыша, это не ошибка, ваш ребенок — большой план с небес. Даже если ваше солнышко прожило пару дней, значит для него так было назначено.

> *«Не сокрыты были от Тебя кости мои, когда я созидаем был в тайне, образуем был во глубине утробы. Зародыш мой видели очи Твои; в Твоей книге записаны все дни, для меня назначенные, когда ни одного из них еще не было» (Псалтирь 138:15–18).*

Ваш малыш успел изменить мир вокруг себя: вы никогда не будете такими, какими были. Ваше сердце изменилось. Иногда пара дней жизни маленького человека может принести перемены в жизни родных настолько сильные, что, если бы он даже и прожил всю жизнь на земле, такого бы не смог сделать. Бог не убил его — не обижайтесь на Него. Он принял вашего кроху и любит, будет беречь и хранить его в безопасности до того момента, когда вы встретитесь с ним на небесах. Встреча будет удивительная. Кто-то из родителей написал на памятнике такие слова: «Небо стало ближе, потому что ты там».

Когда семечко сажают в землю, оно там умирает, чтобы произвести новую жизнь. Ваш ребенок — это доброе семечко, посаженное в добрую почву, и из этого семечка придут перемены во многие сердца. Лучше, чтобы на земле никогда такого не было, но это есть. И зачастую мы не видим ясной картины, не можем найти ответов. Не всегда нужен ответ. Важен результат.

Мне очень понравилась одна история.

Одна женщина обиделась на людей в церкви и перестала туда ходить. Она сидела дома, роптала и при этом вышивала на канве крестиком картинки. Пастор решил навестить ее. Он пришел, спросил, как у нее дела. Она стала ему рассказывать, что у нее столько непонятного произошло в жизни, столько проблем, столько людей в церкви ее ранило, поэтому лучше быть одной и никого не видеть! Пастор попросил:

— Дайте мне посмотреть на то, что вы делаете.

Женщина дала ему пяльцы с вышитой картинкой. Тот перевернул их на другую сторону, где узелки, концы ниток, одним словом, беспорядок. И сказал ей:

— А что это вы тут такое непонятное делаете? Одни узелочки, всё перепутано.

— Так вы не с той стороны смотрите! С другой стороны красивая картинка!

Пастор возразил ей:

— Это вы не с той стороны смотрите!

В нашей жизни многое запутано, много узлов, и иногда картинка кажется очень страшной. Но главное, что с другой стороны, со стороны небес, Бог вышивает красивую картинку, которую мы с вами увидим только на небе. Сейчас временно мы видим обратную сторону Божьей работы.

Поэтому, расстраиваясь из-за узелков или запутанных ниток, давайте всегда помнить о том, что на той стороне вышивается очень красивая картина нашей жизни.

Часто вспоминаю свою историю...

Роберт родился здоровым — таким красивым, с большими щечками. Мне его показали и понесли мыть. Через несколько минут прибегает медсестра и говорит, что мой ребенок задыхается, синеет, что его должны положить в камеру для новорожденных. Я очень расстроилась. В тот же день ко мне в палату еще раз зашла медсестра и сообщила, что только через три дня будет известно, выживет ли мой ребенок. Она наговорила мне много плохого: сказала, что у ребенка на коже появились какие-то гнойные пузыри (хотя я видела своего ребенка сразу после родов, и никаких пузырей не заметила), что у него в легких жидкость и еще что-то, чего я уже просто не услышала.

Еще никогда я не плакала так много, как тогда. Мое сердце точно знало: Роберта сотворил Бог! И у Него есть цель и призвание для жизни моего сына! Но страх подкрадывался, и в моей голове снова и снова крутились слова: «Не выживет, умрет...» Но, находясь в палате одна, без ребенка, я решила молиться на основании Псалма 138, вставляя в текст его имя. Не знаю, сколько раз, но, наверное, раз двадцать я произнесла в тот день этот псалом — и вставляла в его текст имя Роберт.

*«Сажусь ли я, встаю ли — Ты знаешь; мои мысли понимаешь издалека. Иду ли я, отдыхаю ли — Ты видишь, и все пути мои знаешь. Нет еще слова на моих устах, но Ты, Господи, его уже знаешь. Ты вокруг меня, и впереди, и позади, и кладешь на меня Свою руку. Ведение Твое удивительно для меня, слишком велико для моего понимания. Куда могу уйти от Твоего Духа? Куда могу убежать от Твоего присутствия? Поднимусь ли на небеса — Ты там, сойду ли в мир мертвых — и там Ты. Взлечу ли на крыльях зари на востоке, поселюсь ли за дальними морями на западе, даже там Твоя рука поведет меня, Твоя правая рука удержит меня. Если скажу: „Тьма сокроет меня, и свет превратится в ночь", даже тогда тьма не темна для Тебя, и ночь светла, как день: как тьма, так и свет. Ты создал все внутренности **Роберта**, в материнской утробе соткал **его**. Буду славить Тебя за то, что **Роберт** так удивительно сотворен.*

*Чудесны Твои дела, душа моя сознает это вполне. **Роберта** кости не были сокрыты от Тебя, когда он был в тайне сотворен, образован в глубине материнской утробы. Твои глаза видели зародыш **Роберта**, и в Твоей книге все **Роберта** дни были записаны, когда ни одного из них еще и не было. Как дороги для меня Твои мысли, Боже! Как велико их число! Стану исчислять их — они многочисленнее песка. Когда пробуждаюсь, **Роберт** все еще с Тобой»* (см.: Псалтирь 138:2–18).

Через три мучительных дня пришла медсестра и принесла ко мне в палату закутанного Роберта. Она сказала, что он может десять минут побыть со мной, потому что его должны будут перенести в другое здание для дальнейшего лечения. Я никогда не забуду, как прижимала маленького сына к себе, смотрела ему прямо в глаза и молилась так, как никогда в жизни еще не молилась. Все десять минут я молилась и говорила своему сыну, что он сильный в Боге, что у него есть призвание. Глядя в его глазки, проговаривала Псалом 138 — снова и снова.

Моего мальчика унесли, а у меня вновь ручьями полились слезы: «Опять унесли в неизвестность, унесли туда, где я смогу его видеть всего лишь несколько минут в день». Переносить такое было очень тяжело! Дьявол бил по нашей семье очень сильно, но внутри нас был непоколебимый фундамент Божьего Слова и живой веры в Бога! Дьявол не мог пробиться через этот крепкий фундамент. Он пытался, но не смог!

Я молилась и провозглашала над жизнью Роберта слова веры и исцеления. Я знала: слово веры поднимет больного, и угодить Богу можно лишь крепкой, непоколебимой верой.

Прошли две тягостные недели. Врачи говорили, что у моего сына воспаление легких, но это не подтвердилось и поэтому даже не вписано в его медкарту. Я не увидела никаких гнойных пузырей на коже — и этого диагноза там нет. Врачи сказали, что он родился недоношенным и лежал в отделении для таких детей, однако в медкнижке написано «доношенный». Что это было? Для меня это до сих пор остается неразгаданной тайной. Может быть, российские роддомы в этот период должны были выполнить какой-то план по заполнению палат? Не знаю.

Роберта привезли домой. Он быстро рос и совсем не болел. Он и сейчас крепкий парень, который очень любит петь и сочинять песни.

Через год после этого случая женское служение у нас в церкви планировало поездки по детским домам и больницам. И, когда меня спросили, куда еще мы могли бы поехать для служения, я уже знала ответ: в тот роддом и больницу, в то место, где многие мамы плачут и ждут встречи со своими недоношенными или больными детками.

Мы приготовили подарки, Библии и книжки для всех мам, находящихся в таком же положении, в каком была когда-то и я. А самое главное — мы сделали большие картины, на которых были фото маленьких деток, а внизу под каждым из них — стихи из Библии.

Итак, мы приехали на место. Нас было где-то человек пятнадцать, с нами были сёстры из Америки. В одной из комнат больницы собрались все женщины, дети которых находились там же, на лечении. Я свидетельствовала и показывала фото Роберта, которому в тот момент был уже годик. Многие из женщин плакали, мы молились за них и говорили о спасении в Боге. Затем главный врач позволил всем нам пойти в реанимационную палату для малюток. Дело в том, что туда даже родителей не пускают, а нас пустили — Бог одержал полную победу в этой ситуации! Слава Ему и огромная благодарность! У меня была невероятная радость и в то же время особенное ощущение, что дьявол получил сильный удар за всё, что пытался сделать!

Сейчас я смотрю на Роберта и вижу Божью милость, спасение, избавление и ответы на свои молитвы. Как же я благодарна Богу за всё!

Я отчётливо чувствовала, что Господь вместе со мной отвоёвывал жизнь Роберта, что Он был рядом, когда я сутками пребывала в неизвестности. Если у вас есть твёрдый фундамент истинного Божьего Слова, я верю, победа будет за вами! Но, хотя эта борьба будет не из лёгких, боритесь до последнего!

Да, увы, всегда будет какой-то процент смертей и болезней, причины которых покрыты тайной так, что мы не сможем ничего понять, но я ободряю вас: в любой ситуации не смиряйтесь с болезнью, не подпускайте смерть, сражайтесь до последнего! А самое главное — противостойте нападкам дьявола твердой верой. Бодрствуйте! Ваш ребенок имеет призвание от Бога. У Бога есть намерения для него!

«Ибо [только] Я знаю намерения, какие имею о вас, говорит Господь, намерения во благо, а не на зло, чтобы дать вам будущность и надежду» (Иеремия 29:11).

Молитесь за ребенка с первого дня зачатия — и даже раньше! Посвятите ребенка Богу и доверьте его Божьей заботе. Вместе с мужем кладите руки на живот и провозглашайте благословения над жизнью своего ребенка.

Слушайтесь советов врачей, но не принимайте слова, который внушают ужас, страх и несут смерть. Всякий раз, направляясь на прием в больницу, я молюсь и запрещаю дьяволу говорить через докторов слова страха, смерти или проклятия. Я благословляю каждого из них и говорю, что из их уст я услышу слова Божьи — слова жизни и надежды, слова благословения и здоровья!

Никогда не забуду одного случая с тем же Робертом. Когда сыну было восемь лет, мы заметили, что он нас иногда не слышит. Зовем — не реагирует. Я забеспокоилась и повела его к врачу. Тот посмотрел уши и сказал: «Роберт вообще не слышит одним ухом. Но там нет пробки — и слуху ничто не мешает. Я вас направляю к специалисту».

Представьте, насколько ужасно было такое услышать. Я попросила мужа отвезти Роберта на прием к специалисту, а сама осталась дома. Встала на колени и молилась. Когда молилась, пришло какое-то дерзновение перед Богом. Я стала думать о том, что может Он. Я молилась так:

«Господь, говори через врача. Но я запрещаю лжи и словам

смерти приходить через его уста — во имя Иисуса. Я прошу тебя, Господь, чтобы произошло чудо: чтобы, когда Николай будет мне звонить, он сказал: „У Роберта всё хорошо". И я осмелюсь просить еще больше! Я прошу, чтобы врач сказал, что у Роберта слух лучше, чем у других людей».

Я помолилась и стала ждать звонка мужа. Николай звонит и говорит такие слова: «У Роберта всё хорошо! Его проверили на очень серьезных аппаратах. Но врач еще сказала, что у него слух даже лучше, чем у других людей!» Честно, я чуть не упала. Мою молитву слышал только Бог. В этот момент, когда я молилась, дома никого не было. И вот — те же самые слова прозвучали по телефону.

С тех пор у Роберта исчезли проблемы со слухом. Я не знаю, что это было, но одно могу сказать: это было чудо!

Страх может быстро одолеть вас, если вы не будете знать, какой Бог, какое у Него сердце к нам, людям.

Пожалуйста, не относитесь к вере и упованию на Него скептически. Читайте Библию, вкладывайте каждое слово в свое сердце и разум — это будет ваш фундамент и крепкая стена, способная выдержать любые нападки дьявола.

21
МОЯ ИСТОРИЯ
В ЧЕТЫРЕХ СТЕНАХ

В самом начале нашей супружеской жизни мужу приходилось очень рано уезжать на работу. Как только по утрам он вставал с постели, во мне сразу просыпался страх со всеми его тревогами и переживаниями. Словно будильник — сразу и безотказно каждое утро. Я старалась заставить себя вновь заснуть, но не могла. Я ощущала чье-то присутствие, и мое тело начинало неметь. Я не могла двигать ногами. Затем резко отпускало, но через какое-то время всё повторялось. Было ощущение, что под кроватью присутствует какая-то невидимая сила, которая парализует меня. Хотелось кричать, но не было сил, как во сне, — только со мной всё это происходило наяву.

В голову тут же приходили разные мысли, и мне казалось, что через балкон или входные двери может проникнуть убийца. Я панически боялась входных дверей, но всякий раз, когда проходила мимо, мой взгляд обязательно останавливался на них. По нескольку раз в день я смотрела в глазок, чтобы убедиться, что за дверью действительно никто не стоит. А когда готовила на кухне, особенно стоя возле раковины, я всё время оборачивалась, чтобы посмотреть, нет ли там, за моей спиной, кого-нибудь. Я была очень обеспокоена тем, что со мной происходит. Мы молились об этом и с мужем, и в церкви. И уже тогда Бог начал Свою работу во мне. Это было первым шагом к освобождению.

Однажды утром, когда я так же мучилась, комната внезапно наполнилась миром, и я поняла, что Бог пришел ко мне на помощь! Он показал мне нечто удивительное. В этом видении была наша квартира, но выглядело это так, словно перед моими глазами предстал план квартиры с границами внешних стен, включая и балконы.

Бог сказал: «Всё это принадлежит тебе. Ты здесь находишься, ты здесь имеешь власть. Враг не может попасть сюда без твоего позволения. Возьми елей для помазания и помажь все двери, окна, балконные окна, и тогда у тебя будет четкое понимание, что это всё в твоей власти».

Кое-кто может сказать: «Наверное, от страха совсем с ума сошла!» Нет, я просто соприкоснулась с духовным миром, который физическим глазом не виден. Бог тогда начал открывать мне Свои секреты в отношении страха. Я взяла елей для помазания, нанесла его на всё, что повелел мне помазать Господь, и при этом благословляла все эти предметы. И тогда в дом пришла свобода. По утрам я больше не испытывала никакого давления, и мое тело никогда больше не было парализовано страхом! Слава Богу!

Однажды днем я была дома одна и как раз собиралась отправиться в офис к мужу. Мы только что переехали в новую квартиру, а дверной звонок в ней не работал. Вдруг я услышала, что кто-то открывает дверь ключом. Я подумала, что это Николай решил преподнести мне сюрприз и заехал за мной. Подошла к двери и открыла ее. Передо мной на пороге стояло двое мужчин. Они испугались. Я же, глядя им прямо в глаза (причем, совсем не испугавшись, хотя сразу и не поняла, что передо мной квартирные воры), сказала следующее (надо же было такую глупость сказать!): «Когда мужа нет дома, я никого не пускаю» — и закрыла дверь. И тут меня посетила мысль: «Так они теперь всё знают: и то, что я дома одна, и то, что собралась куда-то уйти, коль стояла одетая на выход и даже в летней шляпе! И как мне теперь ехать в офис?» Но помните, я уже писала, что Бог ни разу не позволил никому меня напугать? Я произнесла: «Господь, доверяю всё здесь Тебе» — и спокойно уехала. По дороге в офис я увидела видение: возле входных дверей нашей квартиры Господь поставил двух огромных ангелов — они были очень красивые и сильные, и каждый протягивал вперед огромный меч. Писание говорит:

«Ангел Господень ополчается вокруг боящихся Его и избавляет их» (Псалтирь 33:8).

Бог охраняет нас, и я Ему за это так благодарна!

В последующие годы мы жили в разных городах и странах, но всё те же ангелы стояли возле входных дверей нашего дома. Обворовывали квартиры этажом выше, этажом ниже, а к нашей квартире не прикасались! Слава Богу за Его охрану!

Однажды у нас в церкви покаялся настоящий вор. В свое время он с подельниками совершал нападения на людей, на квартиры, дома. Мы с ним разговорились, и он рассказал нам весьма удивительную вещь. Он с друзьями легко открывал замки любой сложности. Двери могли быть двойные, тройные, но этим ребятам не составляло труда открыть любую из них. Однако были двери, которые они никак не могли открыть. В этих дверях могли стоять самые простые, самые обыкновенные замки безо всяких сложностей и дополнительных степеней защиты, однако бандитам так ни разу и не удалось проникнуть внутрь этих квартир. Он говорил, что они не могли взломать двери по самым разным причинам: то кто-то появлялся, то звонил телефон, то подъезжала полиция.

И он еще тогда задавался вопросом: и что это за тайна такая? Потом он уверовал и через какое-то время узнал, что в тех неприступных квартирах жили верующие! А верующие пребывают под защитой Бога. Он был очень сильно удивлен, а мы в этой беседе получили подтверждение о Божьей заботе и охране!

22
НАСТУПИЛО ТО УТРО

Наступило то утро! Это значит, что наступило особенное, очень важное, новое утро в моей жизни! Оно стало знаменательным. То утро можно сравнить с золотой медалью на Олимпиаде. Только это была духовная Олимпиада. То утро стало наградой за мои правильные решения и верные шаги.

Но начну свой рассказ не с того утра, а с самого начала. Как я уже говорила, я очень боялась оставаться дома одна. Толь ко представьте себе: жена, мама уже двоих детей — и боится оставаться дома, когда муж уезжает! Дети тогда этого не знали. Я пыталась сделать всё, чтобы муж не соглашался на командировки. Но он, будучи мудрым человеком, всё равно уезжал. Он понимал, что рано или поздно мне придется встретиться со своими страхами лицом к лицу. Могу сказать конкретнее: мне придется делать то, чего я так боюсь!

Еще за месяц до командировки мужа я начинала бояться тех ночей, когда буду спать дома одна. Да, естественно, дома со мной оставались и дети, но почему-то страх покидал меня только тогда, когда в доме находился еще и кто-то из взрослых.

Напомню: я боялась, что ночью нападет убийца, который лишит жизни меня и детей, или что за эти несколько ночей я сойду с ума и поседею. Поэтому, чтобы не оставаться дома одной, я заранее планировала, кто из моих подруг останется на ночь, или пыталась устроить ночной девичник. Мне было унизительно прикрывать свои страхи друзьями. Потом у наших деток появилась няня, которая становилась моим «охранником», когда Николай уезжал. Поверьте, было очень стыдно и грустно, но я ничего не могла с собой поделать.

Однажды Николаю нужно было всего лишь на одни сутки съездить в командировку. Весь вечер я провела в страхе, но, не выдержав напряжения, позвонила нашей няне и попросила срочно приехать. А та болела — у нее была температура. Но я так сильно боялась, что уговорила-таки ее приехать. Ехать до моего дома ей в том состоянии, в каком она была, предстояло около часа. Я понимала и несправедливость, и глупость своего поступка, однако страх был сильнее логики.

Вот на этом я остановлюсь и объясню поподробнее. Страх сильнее логики. Когда мы боимся, логика не действует. Вот почему объяснения, уговоры близких людей тому, кто боится, не помогают. Человеку говорят: «Не бойся!», но он ведь и сам понимает, что бояться не надо. А как это — бояться не надо? Как это применить в реальной ситуации, когда чувство страха сильнее логики!

Потому-то мы и не можем успокоить объятого страхом ребенка и сказать ему: «Просто спи и не бойся!» Он не понимает, как преодолеть само чувство страха! Оно покинет его только при одном условии: если вырвать корень страха из глубины его души. Но это не просто — дети самостоятельно никогда этого сделать не смогут. Да и взрослые...

Однажды Николай сказал мне: «Представь, ты будешь уже пожилой женщиной или бабушкой, а тебе по ночам всё равно нужна будет няня». Я помню, как эти слова вновь и вновь звучали во мне. И правда, неужели так и будет?

Бог постоянно говорил мне: «Оставайся дома одна, и ты увидишь, что Я буду охранять тебя! С тобой ничего не случится». Но я долго упиралась. Однако наступил тот момент, о котором я говорила раньше. Мне так надоело бояться! Казалось, меня уже тошнит от этого! И тогда всем своим естеством я возненавидела это свое состояние!

Господь, как известно, не медлит и, чтобы не упустить время моего решения, устроил моему мужу поездку на трое суток. Я опять расстроилась (бедный муж: сколько же ему пришлось вытерпеть в первые годы нашего брака!), но на этот раз ему ничего говорить не стала. А для себя решила: что бы ни случилось, останусь дома одна на все три ночи!

Я взяла пост. Постилась и молилась, но при этом в ужасе ожидала первой ночи, которую мне предстояло провести в одиночестве.

Наступила первая ночь.

Я уложила детей спать, пошла в свою спальню, открыла Библию, читала, но даже не смогла сосредоточиться: страх пульсировал в сердце, в голове и даже в глазах. Потом прочитала книгу об избавлении от страха — стало еще страшнее. Я включила везде свет. Всю ночь ходила и смотрела в окна, подходила к двери и смотрела в глазок, нет ли там кого. Было очень страшно.

Под утро на полчаса заснула, а когда проснулась,

почувствовала полное поражение. Ходила поникшая весь день, в страхе ожидая следующей ночи.

Наступила вторая ночь.

Я всё равно решила остаться дома одна, хотя и очень боялась. Решила принять таблетку, чтобы уснуть. Таблетку приняла, поспала очень мало, часто просыпалась, но к утру уснула и проспала дольше, чем в первую ночь. Проснулась с ощущением некой легкости внутри, было как-то радостнее.

Наступила третья ночь.

Я решила больше не принимать лекарств. Легла, взяла книгу об избавлении от страха (у меня таких было много), а часы, как сейчас помню, показывали полночь. Читала, и вдруг меня поразило написанное в этой книге, как будто Господь обратился ко мне. Там было написано: «Сейчас полночь, и твои цепи разорваны! Будь свободна!» Я аж подпрыгнула на постели! Читала эти слова снова и снова, пока не заснула.

Я проспала всю ночь! Проснулась уже утром. Сердце радовалось и пело. Я полностью осознавала, что Господь освободил меня, — мне нужно было только Его послушаться!

Первый раз в своей жизни я проспала дома одна всю ночь. Это чудесное, долгожданное утро пришло! Я чувствовала, что как будто повзрослела, стала самостоятельной — совсем другой. Николай должен был приехать поздно вечером, а я поехала днем по делам и зашла в магазин. Радость не оставляла меня ни на секунду! Я впервые наслаждалась самой собой. Шла по магазину и наслаждалась собой. Звучит странно? Нет! Просто я никогда до этого не любила себя, чувствовала себя неудачницей и имела очень низкую самооценку. А тут я впервые одержала такую значительную победу!

Господь привел меня к победе! Я всего лишь на одной странице описала свое освобождение от страха оставаться дома одной, однако Бог многие годы готовил меня к этому, учил меня и долго и терпеливо вел к тому утру. И это утро наступило! Всё, что я знала до этого о страхе, стало реальным и понятным. Чувство страха больше не заглушало мою логику.

Затем я поехала на женскую конференцию. Мы поклонялись Господу, и вдруг ко мне подошла одна сестра и произнесла: «Господь хочет тебе сказать, что ты станешь настолько смелой, что люди будут удивляться твоей смелости». После этих слов прошло уже девять лет. Недавно мы с мужем провели молодежную конференцию. Мне довелось на ней много послужить, даже поучаствовать в ток-шоу, где я чувствовала себя очень свободно и держалась смело. После ток-шоу ко мне подошла жена пастора:

«Ну, как ты можешь быть такой смелой?» И тогда мне вспомнились те слова, сказанные столько лет назад. Слава Богу!

После этого пришло освобождение от другого страха, а затем еще от одного и еще! Главный корень страха был вырван! Я стала очень смелой. Был уничтожен корень страха. Знаете, когда корня нет, ветки осыпаются, и всё дерево погибает.

Но как в ту третью ночь был удален корень страха? Как был изгнан дух страха? Что произошло? Я знаю, Господь Иисус Христос в ту ночь имел дело с духом страха во мне, а я полностью доверилась Его власти. Послушалась Его слов, Его уроков и доверилась Его водительству. Дух страха ушел из моей жизни навсегда!

Иногда страх, подкрадываясь, пытается напомнить мне о

себе, но я уже знаю, как действовать против него — властью Иисуса Христа:

«Итак покоритесь Богу; противостаньте диаволу, и убежит от вас» (Иакова 4:7).

Самое главное — хранить свое сердце, а мысли о страхе даже и близко не подпускать! Каждую мысль принимать в послушание Христу:

«И всякое превозношение, восстающее против познания Божия, и пленяем всякое помышление в послушание Христу» (2-е Коринфянам 10:5).

Например, когда пришла мысль, что может заболеть ребенок или что после болезни могут быть осложнения, попробуйте в своих мыслях увидеть, что осложнений не будет. Постарайтесь в своем разуме видеть не то, что приходит в голову, а то, чего бы вы реально хотели. Научитесь анализировать каждую мысль. Если в мысли нет логики или нет никакого основания так думать, но приходит тревога, и вы начинаете паниковать, значит пора заменить эту мысль на Божье Слово:

«Не приключится тебе зло, и язва не приблизится к жилищу твоему» (Псалтирь 90:10).

Если внезапно наваливается само чувство страха, помолитесь, противостаньте ему, а если вы продолжаете чувствовать страх, проигнорируйте его! Отделите чувство страха от себя, как будто страх не имеет к вам никакого отношения. Продолжайте заниматься своими делами, а еще лучше — начните петь песни поклонения Господу и вспоминать о Его чудесах в вашей жизни. Дух страха не останется там, где его отвергают, игнорируют и изгоняют.

Моя книга называется «*Чего боится страх?*»

Страх мучит человека, и очевидно, что человек сам по себе не имеет достаточно власти над ним. Какие-то рычаги мы научились использовать, но чаще всего ими только притупляем страх.

Тот, Кто реально и очевидно имеет власть над страхом и фобиями, — это Иисус Христос. И я свидетель тому. Я поверила, даже можно сказать, проверила верность Библии в реальной жизни. Работает! Истины, написанные в Библии, как ключи открывали одни двери и закрывали другие. Сама я ничего не смогла сделать — ничего не помогало, ничего не работало. А Божья истина освободила меня.

Поэтому нам нужно ходить с Иисусом Христом очень близко, знать Его характер, Его власть. Он сказал, что дает Свою власть верующим в Него.

«Семьдесят учеников возвратились с радостью и говорили: Господи! и бесы повинуются нам о имени Твоем. Он же сказал им: Я видел сатану, спадшего с неба, как молнию; се, даю вам власть наступать на змей и скорпионов и на всю силу вражью, и ничто не повредит вам; однако ж тому не радуйтесь, что духи вам повинуются, но радуйтесь тому, что имена ваши написаны на небесах» (От Луки 10:17–20).

Я больше не боюсь и ни в каких ситуациях не поддаюсь страху. И именно сейчас, когда я пишу эту книгу, я одна дома. Муж уехал на пять дней. После России, где все закрывают свои дома на десять замков, здесь, в Америке, всё наоборот. Вокруг домов нет высоченных заборов, а чаще всего их и вообще нет. Дом закрывается всего лишь на один замок, а справа и слева от входной двери — высокие окна. Нигде в доме на окнах нет никакой защиты. И плюс ко всему за домом обычно есть небольшой участок леса или парк. Ночью ясно понимаешь, что твой дом, если в нем не установлена сигнализация, совершенно беззащитен. Зачем тогда запирать на замок входную дверь? Если кто захочет проникнуть в дом, то это проще простого — даже для меня это не составило бы никакого труда!

Но у нас, любящих Бога людей, есть нечто намного большее, чем сигнализация, пуленепробиваемые стекла или высокий забор! Это Божья защита! И, поверьте, я провела эти дни и ночи спокойно, ничего не боясь, занимаясь своими делами, общаясь с детьми. А за время отсутствия супруга даже написала немало страниц этой книги. Слава Богу! Он вместе со мной радуется невероятной победе над страхом!

Аступило то утро! Это значит, что наступило особенное, очень важное, новое утро в моей жизни! Оно стало знаменательным. То утро можно сравнить с золотой медалью на Олимпиаде. Только это была духовная Олимпиада. То утро стало наградой за мои правильные решения и верные шаги.

Но начну свой рассказ не с того утра, а с самого начала. Как я уже говорила, я очень боялась оставаться дома одна. Толь ко представьте себе: жена, мама уже двоих детей — и боится оставаться дома, когда муж уезжает! Дети тогда этого не знали. Я пыталась сделать всё, чтобы муж не соглашался на командировки. Но он, будучи мудрым человеком, всё равно уезжал. Он понимал, что рано или поздно мне придётся встретиться со своими страхами лицом к лицу. Могу сказать конкретнее: мне придётся делать то, чего я так боюсь!

Еще за месяц до командировки мужа я начинала бояться тех ночей, когда буду спать дома одна. Да, естественно, дома со мной оставались и дети, но почему-то страх покидал меня только тогда, когда в доме находился еще и кто-то из взрослых.

Напомню: я боялась, что ночью нападет убийца, который лишит жизни меня и детей, или что за эти несколько ночей я сойду с ума и поседею. Поэтому, чтобы не оставаться дома одной, я заранее планировала, кто из моих подруг останется на ночь, или пыталась устроить ночной девичник. Мне было унизительно прикрывать свои страхи друзьями. Потом у наших деток появилась няня, которая становилась моим «охранником», когда Николай уезжал. Поверьте, было очень стыдно и грустно, но я ничего не могла с собой поделать.

Однажды Николаю нужно было всего лишь на одни сутки съездить в командировку. Весь вечер я провела в страхе, но, не выдержав напряжения, позвонила нашей няне и попросила срочно приехать. А та болела — у нее была температура. Но я так сильно боялась, что уговорила-таки ее приехать. Ехать до моего дома ей в том состоянии, в каком она была, предстояло около часа. Я понимала и несправедливость, и глупость своего поступка, однако страх был сильнее логики.

Вот на этом я остановлюсь и объясню поподробнее. Страх сильнее логики. Когда мы боимся, логика не действует. Вот почему объяснения, уговоры близких людей тому, кто боится, не помогают. Человеку говорят: «Не бойся!», но он ведь и сам понимает, что бояться не надо. А как это — бояться не надо? Как это применить в реальной ситуации, когда чувство страха сильнее логики!

Потому-то мы и не можем успокоить объятого страхом

ребенка и сказать ему: «Просто спи и не бойся!» Он не понимает, как преодолеть само чувство страха! Оно покинет его только при одном условии: если вырвать корень страха из глубины его души. Но это не просто — дети самостоятельно никогда этого сделать не смогут. Да и взрослые...

Однажды Николай сказал мне: «Представь, ты будешь уже пожилой женщиной или бабушкой, а тебе по ночам всё равно нужна будет няня». Я помню, как эти слова вновь и вновь звучали во мне. И правда, неужели так и будет?

Бог постоянно говорил мне: «Оставайся дома одна, и ты увидишь, что Я буду охранять тебя! С тобой ничего не случится». Но я долго упиралась. Однако наступил тот момент, о котором я говорила раньше. Мне так надоело бояться! Казалось, меня уже тошнит от этого! И тогда всем своим естеством я возненавидела это свое состояние!

Господь, как известно, не медлит и, чтобы не упустить время моего решения, устроил моему мужу поездку на трое суток. Я опять расстроилась (бедный муж: сколько же ему пришлось вытерпеть в первые годы нашего брака!), но на этот раз ему ничего говорить не стала. А для себя решила: что бы ни случилось, останусь дома одна на все три ночи!

Я взяла пост. Постилась и молилась, но при этом в ужасе ожидала первой ночи, которую мне предстояло провести в одиночестве.

Наступила первая ночь.

Я уложила детей спать, пошла в свою спальню, открыла Библию, читала, но даже не смогла сосредоточиться: страх пульсировал в сердце, в голове и даже в глазах. Потом прочитала книгу об избавлении от страха — стало еще страшнее. Я включила везде свет. Всю ночь ходила и смотрела в окна, подходила к двери и смотрела в глазок, нет ли там кого. Было очень страшно.

Под утро на полчаса заснула, а когда проснулась, почувствовала полное поражение. Ходила поникшая весь день, в страхе ожидая следующей ночи.

Наступила вторая ночь.

Я всё равно решила остаться дома одна, хотя и очень боялась. Решила принять таблетку, чтобы уснуть. Таблетку приняла, поспала очень мало, часто просыпалась, но к утру уснула и проспала дольше, чем в первую ночь. Проснулась с ощущением некой лёгкости внутри, было как-то радостнее.

Наступила третья ночь.

Я решила больше не принимать лекарств. Легла, взяла книгу об избавлении от страха (у меня таких было много), а часы, как сейчас помню, показывали полночь. Читала, и вдруг меня поразило написанное в этой книге, как будто Господь обратился ко мне. Там было написано: «Сейчас полночь, и твои цепи разорваны! Будь свободна!» Я аж подпрыгнула на постели! Читала эти слова снова и снова, пока не заснула.

Я проспала всю ночь! Проснулась уже утром. Сердце радовалось и пело. Я полностью осознавала, что Господь освободил меня, — мне нужно было только Его послушаться!

Первый раз в своей жизни я проспала дома одна всю ночь. Это чудесное, долгожданное утро пришло! Я чувствовала, что как будто повзрослела, стала самостоятельной — совсем другой. Николай должен был приехать поздно вечером, а я поехала днём по делам и зашла в магазин. Радость не оставляла меня ни на секунду! Я впервые наслаждалась самой собой. Шла по магазину и наслаждалась собой. Звучит странно? Нет! Просто я никогда до этого не любила себя, чувствовала себя неудачницей и имела очень низкую самооценку. А тут я впервые одержала такую значительную победу!

Господь привел меня к победе! Я всего лишь на одной странице описала свое освобождение от страха оставаться дома одной, однако Бог многие годы готовил меня к этому, учил меня и долго и терпеливо вел к тому утру. И это утро наступило! Всё, что я знала до этого о страхе, стало реальным и понятным. Чувство страха больше не заглушало мою логику.

Затем я поехала на женскую конференцию. Мы поклонялись Господу, и вдруг ко мне подошла одна сестра и произнесла: «Господь хочет тебе сказать, что ты станешь настолько смелой, что люди будут удивляться твоей смелости». После этих слов прошло уже девять лет. Недавно мы с мужем провели молодежную конференцию. Мне довелось на ней много послужить, даже поучаствовать в ток-шоу, где я чувствовала себя очень свободно и держалась смело. После ток-шоу ко мне подошла жена пастора:

«Ну, как ты можешь быть такой смелой?» И тогда мне вспомнились те слова, сказанные столько лет назад. Слава Богу!

После этого пришло освобождение от другого страха, а затем еще от одного и еще! Главный корень страха был вырван! Я стала очень смелой. Был уничтожен корень страха. Знаете, когда корня нет, ветки осыпаются, и всё дерево погибает.

Но как в ту третью ночь был удален корень страха? Как был изгнан дух страха? Что произошло? Я знаю, Господь Иисус Христос в ту ночь имел дело с духом страха во мне, а я полностью доверилась Его власти. Послушалась Его слов,

Его уроков и доверилась Его водительству. Дух страха ушел из моей жизни навсегда!

Иногда страх, подкрадываясь, пытается напомнить мне о себе, но я уже знаю, как действовать против него — властью Иисуса Христа:

«Итак покоритесь Богу; противостаньте диаволу, и убежит от вас» (Иакова 4:7).

Самое главное — хранить свое сердце, а мысли о страхе даже и близко не подпускать! Каждую мысль принимать в послушание Христу:

«И всякое превозношение, восстающее против познания Божия, и пленяем всякое помышление в послушание Христу» (2-е Коринфянам 10:5).

Например, когда пришла мысль, что может заболеть ребенок или что после болезни могут быть осложнения, попробуйте в своих мыслях увидеть, что осложнений не будет. Постарайтесь в своем разуме видеть не то, что приходит в голову, а то, чего бы вы реально хотели. Научитесь анализировать каждую мысль. Если в мысли нет логики или нет никакого основания так думать, но приходит тревога, и вы начинаете паниковать, значит пора заменить эту мысль на Божье Слово:

«Не приключится тебе зло, и язва не приблизится к жилищу твоему» (Псалтирь 90:10).

Если внезапно наваливается само чувство страха, помолитесь, противостаньте ему, а если вы продолжаете чувствовать страх, проигнорируйте его! Отделите чувство страха от себя, как будто страх не имеет к вам никакого отношения. Продолжайте заниматься своими делами, а еще лучше — начните петь песни поклонения Господу и вспоминать о Его чудесах в вашей жизни. Дух страха не останется там, где его отвергают, игнорируют и изгоняют.

Моя книга называется «*Чего боится страх?*»

Страх мучит человека, и очевидно, что человек сам по себе не имеет достаточно власти над ним. Какие-то рычаги мы научились использовать, но чаще всего ими только притупляем страх.

Тот, Кто реально и очевидно имеет власть над страхом и фобиями, — это Иисус Христос. И я свидетель тому. Я поверила, даже можно сказать, проверила верность Библии в реальной жизни. Работает! Истины, написанные в Библии, как ключи открывали одни двери и закрывали другие. Сама я ничего не смогла сделать — ничего не помогало, ничего не работало. А Божья истина освободила меня.

Поэтому нам нужно ходить с Иисусом Христом очень близко, знать Его характер, Его власть. Он сказал, что дает Свою власть верующим в Него.

> «*Семьдесят учеников возвратились с радостью и говорили: Господи! и бесы повинуются нам о имени Твоем. Он же сказал им: Я видел сатану, спадшего с неба, как молнию; се, даю вам власть наступать на змей и скорпионов и на всю силу вражью, и ничто не повредит вам; однако ж тому не радуйтесь, что духи вам повинуются, но радуйтесь тому, что имена ваши написаны на небесах*» (От Луки 10:17–20).

Я больше не боюсь и ни в каких ситуациях не поддаюсь страху. И именно сейчас, когда я пишу эту книгу, я одна дома. Муж уехал на пять дней. После России, где все закрывают свои дома на десять замков, здесь, в Америке, всё наоборот. Вокруг домов нет высоченных заборов, а чаще всего их и вообще нет. Дом закрывается всего лишь на один замок, а справа и слева от входной двери — высокие окна. Нигде в доме на окнах нет никакой защиты. И плюс ко всему за домом обычно есть небольшой участок леса или парк. Ночью ясно понимаешь, что твой дом, если в нем не установлена сигнализация, совершенно беззащитен. Зачем тогда запирать на замок входную дверь? Если кто захочет проникнуть в дом, то это проще простого — даже для меня это не составило бы никакого труда!

Но у нас, любящих Бога людей, есть нечто намного большее, чем сигнализация, пуленепробиваемые стекла или высокий забор! Это Божья защита! И, поверьте, я провела эти дни и ночи спокойно, ничего не боясь, занимаясь своими делами, общаясь с детьми. А за время отсутствия супруга даже написала немало страниц этой книги. Слава Богу! Он вместе со мной радуется невероятной победе над страхом!

23
МОЛИТВА СТРАХА

Каково ваше первое действие, когда все вокруг начинают говорить о надвигающейся на страну, например, эпидемии гриппа или какой-то другой новой инфекции? Раньше моя реакция была такой: я пыталась узнать подробнее обо всех симптомах этой ужасной инфекции, внимательно следила по новостям о развитии ситуации и о количестве умерших. Я закупала сразу множество лекарств, и три полки в моем кухонном шкафу были похожи на аптечный склад.

Затем я заготавливала разные народные средства, укрепляющие иммунную систему, и всячески пыталась скормить всю эту «полезную гадость» своим детям. Наш дом пах чесноком, луком и лимонами. Дети корчились и плевались, приговаривая: «Ты на нас хочешь испытать всю народную медицину?» Старший сын до сих пор не переносит запаха и вкуса чеснока. «Мама, пожалуйста, не добавляй его», — просит сынок, травмированный на всю жизнь моим народным лечением.

Когда-то меня просто охватывал ужас от рассказов по

телевизору: еще несколько человек умерло от новой инфекции. Как сохранить детей от болезни? Николай постоянно меня успокаивал и останавливал в очередных порывах накупить побольше лекарств. А я ему объясняла: «А вдруг ночью у кого-то из детей резко поднимется температура? Что я буду ему давать? Нужно заранее запастись!» Когда мы всей семьёй становились на молитву, я всем давала ясно понять: сегодня будем противостоять новому вирусу и молиться с елеопомазанием. Но почему-то, несмотря на все мои старания, дети часто болели.

Всё это было бы правильно, если бы не мотив всех этих действий — страх. Конечно, знать информацию, укреплять иммунитет, иметь в запасе жаропонижающие средства, да еще и молиться, тем более с помазанием елеем, — очень правильно! Но когда это делается потому, что внутри у нас страх и ужас, тогда зря все эти старания! Сомневающийся, неуверенный человек более склонен верить тому, что сделает он *сам*, нежели Бог.

С другой стороны, есть и такое странное мнение: если мы будем принимать таблетки или обращаться к врачу, то Бог посчитает это за неверие и недоверие к Нему. А как же те случаи, когда Он помогает врачам в сложнейших операциях или дает мудрость фармацевтам понять, с каким составом лекарство победит ту или иную болезнь?

Лекарства не помешают Богу исцелить больного или сохранить от болезни. И врачи не помешают Ему его исцелить. Это наши ограниченные мозги разделили всё по полкам.

Что Богу может помешать?

Самая главная помеха для исцеления или защиты — это наш страх, паника, сомнения и вера в негативное. Без веры Богу угодить невозможно.

> *«Если же у кого из вас недостает мудрости, да просит у Бога, дающего всем просто и без упреков, – и дастся ему. Но да просит с верою, нимало не сомневаясь, потому что сомневающийся подобен морской волне, ветром поднимаемой и развеваемой. Да не думает такой человек получить что-нибудь от Господа. Человек с двоящимися мыслями не тверд во всех путях своих» (Иакова 1:5–8).*

Болезни и инфекции и без того действуют на человека разрушительно, а если к этому добавляем еще и страх и сомнения, то разрушительная сила болезни увеличивается в несколько раз! Врачи могут подтвердить: когда больной человек наполнен страхом и неверием и отвергает факт исцеления, вероятность того, что болезнь возымеет над ним верх, увеличивается.

Я поняла, что «молитвы страха», например: «Боже, помилуй меня, помилуй, помилуй, не дай заболеть, помилуй», — это нечто в корне неправильное. А что, если вот так: «Я верю, что этот грипп пройдет мимо моего дома. Господь — Ты наша охрана, на Тебя уповаем!»

Сколько бы люди ни говорили, ни писали, ни разъясняли о болезнях, ни пытались понять, от чего те бывают, или как исцелиться, всё равно многие тайны мы постигнем только на небе. Мы можем лишь размышлять, читая Библию, и доверять Богу, Его решениям и Его воле. Врачи делают свою важную часть. Но они ограничены, Бог же ничем не ограничен.

Я решила занять такую позицию: буду обращаться к врачам, но перед этим молиться и просить, чтобы Господь говорил через них. Запрещаю сатане использовать уста врачей. Есть среди них настоящие профессионалы, а бывают и такие, которым даже санитарами быть нельзя. Мы никогда не знаем, к какому из них попадем. Поэтому я решила молиться Богу и просить быть главным в этой ситуации, используя земных докторов и нужные лекарства. И при этом верю, что Он — всемогущий и в любой момент может сверхъестественно меня исцелить.

Страх — это агент, шпион: приходит, стучит в наши двери, хочет узнать, готовы ли мы принять болезнь. Не открывайте, даже если и сильно стучит! Пойте Богу песни — чем громче поете, тем меньше слышен стук.

Во время эпидемии на улицах должна не мертвая тишина стоять, а слышно пение верующих!

«Падут подле тебя тысяча и десять тысяч одесную тебя; но к тебе не приблизится» (Псалтирь 90:7).

Поделюсь историей моего исцеления.

Примерно через год после рождения третьего ребенка я начала чувствовать себя очень плохо. Появилась слабость и какие-то странные симптомы: наблюдались постоянные кровотечения, и я часто чувствовала боль внизу живота. Решила обратиться к врачу и проверить, что же всё-таки со мной происходит. Она посмотрела меня и сказала: «У вас огромная киста в яичнике и, похоже, эндометриоз». Меня эти слова совсем не напугали, потому что я даже не знала, что это такое. Я поехала в другой город, где мне сделали

УЗИ, которое подтвердило наличие эндометриоза, но, слава Богу, не кисты.

Я вернулась со снимками к первому врачу, и та очень удивилась, что кисты не нашли. Она была совершенно уверена в том, что она там точно есть. Я думаю, уже тогда Бог ясно показал мне, что Он со мной, и в дальнейшем мне нечего бояться. Но ведь эндометриоз подтвердился! Я принялась расспрашивать своего лечащего врача о том, что это такое и как это может повлиять на мою дальнейшую жизнь. Впоследствии я узнала, что это очень серьезное заболевание, которое может серьезно нарушить работу женского организма и даже привести к летальному исходу. Чаще всего при серьезном эндометриозе нужно делать операцию, да и она не всегда помогает.

Когда я всё это узнала, мне стало ясно, что моей жизни грозит серьезная опасность. Однако внутри меня царил такой божественный мир, что все эти мысли страха, сомнений и расстройства словно ударялись о каменную стену веры и исчезали. Как будто Бог поставил защиту в самое мое сердце!

В своих мыслях я увидела такую картину: стою я, и где-то рядом со мною висит болезнь. Я существую отдельно от нее — она не имеет ко мне никакого отношения! Через какое-то время я получила внутреннее подтверждение, что мне больше не следует узнавать ничего об эндометриозе, чтобы никакая информация об этой болезни не смогла проникнуть в мое сердце. Хотя в то время я много слышала о том, что для успешного противостояния и молитвы против болезней христианину требуется собрать максимум информации о своем заболевании — прочесть и узнать всё, что только возможно, ведь тогда якобы будет легче бороться с недугом.

У меня же получилось всё наоборот. Святой Дух дал мне

ясно понять: «Закрой свои уши, глаза и сердце от всякой информации об этой болезни». Бывают разные случаи, и кому-то, быть может, и нужно знать всю информацию о недуге, чтобы эффективнее молиться. Но я поняла, что у меня от любой информации о болезни может вера пошатнуться и возникнуть сомнения. Я начала просить о молитвенной поддержке и говорила очень откровенно, за что нужно молиться. В ответ я получила немало советов как раз о том, что требуется вникнуть в суть этой болезни, узнать о ней всё, что можно, и тогда у меня будет больше веры, чтобы противостоять ей. Я твёрдо стояла на том, что получила от Господа: отделить от себя болезнь и даже не вникать в то, что это такое и что оно может со мной сделать. Всё это происходило в Литве. Через какое-то время я вернулась в Москву. Много молилась и благословляла свой организм. Видите, тут я молилась не от страха, а, зная, что эта болезнь, во-первых, не имеет ко мне никакого отношения, а во-вторых,

она не во мне, а отдельно от меня!

Затем мы поехали в Америку, и эта поездка была определена Господом. Так интересно, что иногда нам приходится проехать тысячи километров, чтобы встретиться с людьми, которые имеют ответ от Бога для нас. Он точно знает, где нам нужно побывать и с кем встретиться. Это были наши друзья, и супруге нашего друга когда-то давно был поставлен диагноз «эндометриоз». Из-за этого она не смогла иметь детей. Я им рассказала о своём диагнозе, и они предложили молиться с елеопомазанием. Мы молились. Это была самая обычная короткая молитва. Я приняла верой своё исцеление, но никакого ощущения, что я здорова, не появилось.

Через какое-то время мы вернулись в Москву. Я решила

еще раз провериться. Пришла к врачу, положила ей на стол все свои снимки УЗИ и говорю: «Мне сказали, что у меня эндометриоз. Проверьте меня еще раз». Она взяла у меня всевозможные биоматериалы, провела все анализы и велела через неделю прийти. Эту неделю я молилась и благословляла свой организм и все его функции. Излагала перед Господом свои прошения и молилась так: «Господь, я принимаю исцеление от Тебя, и если Ты меня уже исцелил, то дай мне знак. Пусть знак будет таким: когда я приду к врачу, она скажет: „У вас всё хорошо".».

Объясню, почему именно этого я просила. В моей жизни не было такого случая, чтобы в анализах всё было хорошо. Хотя я абсолютно здорова, анализы меня постоянно подводят. Можете представить, что я испытывала, когда шла в тот день в больницу, чтобы узнать их результаты.

Пришла к врачу, села рядом с ней. А она всё выискивает в компьютере результаты моих анализов. Я жду. Компьютер завис. Она его выключает и включает. Нашла мою фамилию, повернулась ко мне и, глядя мне прямо в глаза, говорит: «У вас всё хорошо!» Я ей в ответ: «Точно всё хорошо?» Врач, чуть нахмурившись, отвечает: «Вы совершенно здоровы!»

Я всё поняла: Бог — целитель мой!

В этой ситуации можно было испугаться и позволить страху вести меня дальше. А страх — плохой лидер, он обязательно заведет в тупик! Можно было от страха начать бегать по разным врачам, в панике потратить все свои деньги на лечение, потерять здоровье из-за сплошных переживаний, днем и ночью думая: «Какая я бедная и несчастная!»

Если вы испуганы, расстроены или паникуете от полученного диагноза, вспомните Слово Божье: «Не бойся, только веруй!» Смиритесь перед Богом, попросите Его помочь вам верить и не бояться. Делайте шаги обдуманно, пусть слова вашей молитвы будут исполнены веры, надежды и упования на Господа. Пусть в вашем сердце будет мир. Такие молитвы угодны Богу.

Еще раз повторюсь: страх — это агент, посланный приготовить человека к какой-то проблеме. Например, вы узнаете, что заболели. Страх и паника волной накрывают вас. Перед вами появляются картины того, что может случиться. Больница, лекарства, операции, плохое состояние... Вот это и нужно самой

болезни, чтобы через страх вы приняли ее, вместе рисовали бы картину, сделали ее частью своей жизни и остались с ней надолго. Страх готовит человека к болезни. Вот почему так важно понять, как всё-таки бороться с ним и избавиться от него. Как отвергать все его невыгодные «предложения».

24
А ЧТО БУДЕТ ЗАВТРА?

Я не знаю, смогу ли я кого-нибудь уговорить не переживать о будущем или о завтрашнем дне. Эта задача не из легких. Мне даже кажется, что, переживая о завтрашнем дне, люди нередко именно так себя и других успокаивают. Как будто мы обязаны переживать, ведь иначе у окружающих может сложиться впечатление, что нам всё равно, что будет завтра или через год. Сколько раз я и сама засыпала и просыпалась с переживаниями о завтрашнем дне. Мне очень помогал муж — учил доверять Господу. Он верующий с детства, и для него эти вопросы расставлены по своим местам очень давно. Мне казалось, что он совсем не переживает о будущем или очень умело это скрывает. Нет, он не только сам не переживает, но и мне переживать не позволяет!

Задумывались ли вы когда-нибудь о том, что страх и переживания могут красть благословения, которые могли бы быть в нашей жизни? Выходит, если я не позабочусь и не попереживаю, то ничего хорошего не будет. Бог уж точно с делом не справится! Звучит запутанно? Таковы наши человеческие, плотские, размышления. Как будто, переживая, мы сами что-то изменим.

Страх и неуверенность в будущем — это недоверие Богу. Речь идет о постоянном страхе: а что будет завтра? Это можно отнести к фобиям, потому что такой страх лишен логики, он не базируется на настоящих фактах.

Человек в голове рисует картины будущего: болезни, развод, увольнение с работы, похороны, перемену правительства, обвал валюты, землетрясения, катаклизмы. Еще никаких предпосылок к этому нет — это где-то далеко в атмосфере витает, но уже очень страшно! И тогда происходит следующее: к тройке, состоящей из переживания, страха и неуверенности в будущем, присоединяется еще и безразличие. Вот где настоящая ядерная смесь! Зачем что-то делать? Всё равно скоро умру... Денег вечно не хватает: как завтра проживу? Дом заберет банк за медицинские счета, антихрист придет, знак зверя нам поставят: как всё будет дальше? Лучше спрятаться и тихонько, ничего не делая, «пережить» жизнь. Много таких людей, которые живут не под сенью Бога Живого, а под рваной завесой страха перед будущим.

Я помню, как у моего папы от пародонтоза стали выпадать зубы, пока не осталось всего три! Мы всё уговаривали его поставить протезы, импланты. Он до смерти так и не поставил. Всё говорил: «Всё равно когда-нибудь умру. Зачем деньги тратить?»

Безразличие... Есть удивительный стих, один из моих самых любимых стихов в Библии. Этот стих перевернул мое мышление.

«Оружия воинствования нашего не плотские, но сильные Богом на разрушение твердынь: [ими] ниспровергаем замыслы и всякое превозношение, восстающее против познания Божия, и пленяем всякое помышление в послушание Христу» (2-е Коринфянам 10:4,5).

Пленять помышление в послушание Христу. Мыслить так, как Он мыслит. А откуда я могу знать, как мыслит Христос? Читая и изучая Библию, слушая проповеди в церкви, общаясь с другими верующими.

Как противостоять безразличию и страху будущего? Оставив заднее и простираясь вперед, стремиться к цели.

«Братия, я не почитаю себя достигшим; а только, забывая заднее и простираясь вперед, стремлюсь к цели, к почести вышнего звания Божия во Христе Иисусе» (К Филиппийцам 3:13,14).

Оставить вчерашние страхи позади и смотреть с надеждой в будущее, веря, что Бог всё держит в Своих руках. А я — инструмент в Его руках. Не позаботится ли Он обо мне, не сможет ли? У моего мужа случился инсульт. Он шесть месяцев лежал в больнице во Флориде, хотя в то время мы жили в Сиэтле в штате Вашингтон. Инсульт случился на круизном корабле, который в ту страшную ночь подходил к Ямайке. Нас медицинским самолетом переправили в Джексонвилл во Флориду. Из-за того что Николай был на грани смерти, мы не могли перевезти его домой. Это было очень опасно. Было принято решение перевезти детей во Флориду и снять дом в Джексонвилле.

Пока Николай лежал в реанимации, я отдала ключ от

дома в Сиэтле, перевезла детей во Флориду и арендовала дом. Наш старший сын Ричард остался еще на год в Сиэтле, чтобы вести наш кондитерский бизнес. Представьте: дети оставили друзей, мы оставили церковь, где Николай был пастором девять лет, переехали в новый для нас город, при том что Николай был полгода в больнице с серьезными осложнениями и бесконечными операциями.

Передо мной стеной встали проблемы: муж больной, потерял память: забыл банковские пароли — всё забыл. Детям надо было найти школы в ноябре, Ричард столкнулся с огромными проблемами с бизнесом: мы пытаемся его продать, а он не продается.

И так целый год! Было ощущение, что мы посреди бушующего океана в малюсенькой лодке, и волны кидают нас то вверх, то вниз. Я нашла в Библии стих, который вывел меня из этой ситуации примерно так, как Бог вывел Свой народ, раскрыв Красное море.

Мой золотой стих:

«Надейся на Господа всем сердцем твоим, и не полагайся на разум твой. Во всех путях твоих познавай Его, и Он направит стези твои» (Притчи 3:5,6).

Написала статью именно тогда, когда муж был еще в больнице.

* * *

Какие переживания у человека, который стоит перед Красным морем, а дальше некуда?

За спиной целая армия. И шум колесниц уже слышен.

Впереди тебя море, а за тобой целая армия. И если море не раскроется, то у тебя вариантов других просто нет: или ты утонешь в море или армия в один момент настигнет — и всё. Больше никакого другого выхода.

С ног до головы поднимается волна переживаний. И ты понимаешь, что ничего сделать не сможешь.

Всё, что происходит вокруг тебя, создает шум приближающихся колесниц.

И ничего не решается. Звонки от коллекторов, звонки с плохими новостями. Новости о плохих анализах. Взгляд безысходности и слезы в глазах у того, кого ты очень любишь, кто раньше давал тебе все идеи и показывал все выходы. И что дальше делать?

И ты стоишь перед этим морем, а оно такое большое и страшное. А еще страшнее армия и те шумные колесницы. Правда ведь, хотелось бы просто исчезнуть или провалиться сквозь землю. Ведь непосильно тебе всё это. Ты просто человек со своими тараканами в голове, со своими ошибками и сомнениями. А тут ты один стоишь, и против тебя идет две силы: океан и армия врагов. И ты между ними. Что, может, с морем побороться или выступить против армии? Кулачками помахать?

Читаю статьи о больных детях, о сложнейших ситуациях в семьях. И знаю, что я не одна такая, что мы все часто оказываемся перед Красным морем, а позади нас армия врагов.

Ситуация такая, что прижало и не отпускает.

И некого просить о помощи, некому рассказать или поделиться. Ведь человек такой же, как ты, — он не поможет. Гора просто очень большая, и тучи очень темные. Какой человек для тебя уберет гору с пути или прогонит тучи с неба? Никто не может помочь. У всех свои горы и свои тучи.

Мне сегодня приснился такой сон: время идёт, но на часах постоянно четыре часа ночи. И стрелочка не двигается: всё четыре часа и четыре. Ночь да ночь. Вчера кому-то сказала: «Когда проходишь через ад, не останавливайся — иди дальше. А то сгоришь в пепел».

Так вот, стоишь и думаешь: вот бы раскрылось море, вот бы я прошёл на ту сторону, и утонули бы все враги позади меня.

Потом берёшь то, чего у тебя всегда так не хватает, — веру в Бога Всевышнего, поднимаешь руки к небу и взываешь к Нему, как никогда ещё не взывал. И говоришь с Тем, Кто управляет этим морем, и взываешь к Тому, Кто дал человеку разум, чтобы построить колесницы. Трепещущее твоё сердце соединяется с небом и становится всё сильнее и сильнее — даже когда враги уже очень близко.

Когда они оказались между морем и врагами, *«Моисей сказал народу: не бойтесь, стойте и увидите спасение Господне, которое Он соделает вам ныне; ибо Египтян, которых видите вы ныне, более не увидите во веки. Господь будет поборать за вас, а вы будьте спокойны»* (Исход 14:13–14).

Когда глиняный горшок уже сделан, он ставится в печь ради его же крепости. Наверное, он думает: «Всё, огонь поглотил меня, и выхода из этого ада нет — закрыли меня насмерть навсегда».

Скорее всего, так думал и народ, но не Моисей. Могу ли я быть хоть чуточку похожа на Моисея и, стоя перед морем, сказать такие слова? Могу ли я поднять свои руки к небу даже тогда, когда печь слишком горяча?

Есть три варианта: утонуть, быть побеждённым армией врагов или сказать, как Моисей: «Не бойтесь. Стойте твёрдо, и вы увидите, как Господь спасет вас». Я сегодня выбираю третий вариант.

И вот что Моисей сделал дальше:

«И простер Моисей руку свою на море, и гнал Господь море сильным восточным ветром всю ночь, и сделал море сушею; и расступились воды» (Исход 14:21).

Я простираю сегодня руку над морем, и это самое малое, что я могу сделать. А Господь?

Моя задача легче, чем у Господа. Верить и протянуть руку над морем.

Проблемы? Что с ними?

«И простер Моисей руку над морем, и к утру вода возвратилась на свое место; а Египтяне бежали навстречу [воде]. Так потопил Господь Египтян среди моря. И вода возвратилась, и покрыла колесницы и всадников всего войска фараонова, вошедших за ними в море. Не осталось ни одного из них» (Исход 14:27–28).

Сегодня утром я проснулась и в слезах на бумаге изливала свои мысли перед Богом. Пока я писала, мне пришло сообщение от подруги, что их семья молится сейчас за нашу семью. Они не знают, что со мной этим утром, — никто не знает. Потом позвонила другая женщина и сказала, что хочет вывезти меня куда-нибудь отдохнуть и пообщаться со мной просто так, именно сейчас, в эти минуты, когда я принимаю решение простирать руку над морем. Уже подул ветер, который начал разгонять воды и море. Я верю: море расступится, и мы пройдем.

Бог знает, что я стою у моря, а враги позади меня. Он это

знает. И о вас знает. Именно сегодня знает всё. Самое главное — не надейтесь на человека, надейтесь на Бога. Умоляю вас: не тоните, не поддавайтесь врагам, чтобы они растоптали вас. Протяните руку над морем, верьте Богу Всевышнему, верьте Христу, умершему и воскресшему!

И увидите Бога с вершины горы, той горы, которая хотела раздавить вас. И польется дождь из темных туч — из тех туч, которые закрыли солнце над вами. И, в конце концов, всё решится.

А вы видели, как море раскрывается перед вами — одна стена воды справа, а другая слева? Только верой это можно увидеть. Только если не сдашься.

Я поняла: когда наше сердце и дела наши чисты перед Господом, для переживаний нет повода! Точно не пропадем!

«Блаженны чистые сердцем, ибо они Бога узрят» (От Матфея 5:8).

«Бога узрят». Это значит, мы увидим Бога в разных ситуациях, в ответах на молитву, в жизни своих детей, в здоровье. Земными глазами увидеть Бога невозможно. Мы увидим Его на небесах. Но дела Его рук мы можем увидеть и на земле, если у нас чистое сердце.

Нам нужно научиться молиться и благословлять свое будущее. Перед свадьбой я подарила своему мужу Николаю картину из дерева с вырезанными словами:

«Ибо [только] Я знаю намерения, какие имею о вас, говорит Господь, намерения во благо, а не на зло, чтобы дать вам будущность и надежду. И воззовете ко Мне, и пойдете и помолитесь Мне, и Я услышу вас».

А дальше в Библии написано:

«И взыщете Меня и найдете, если взыщете Меня всем сердцем вашим. И буду Я найден вами, говорит Господь...» (Иеремия 29:11–14).

С тех пор эта картина всегда висит в нашем доме. Мы переезжаем из страны в страну, из города в город, из квартиры в квартиру, а эта картина всегда с нами — как наше семейное провозглашение веры.

Я верю, что Господь даст нам будущность. Мы сами не в силах приготовить или придумать себе ее. Мы даже себя до конца не знаем: чего мы точно хотим, что будет успешным для нас, какие люди должны быть рядом с нами и много всего другого. Так почему бы не доверить Господу всю свою жизнь?

«Итак не заботьтесь о завтрашнем дне, ибо завтрашний [сам] будет заботиться о своем: довольно для [каждого] дня своей заботы» (От Матфея 6:34).

«Не заботьтесь ни о чем, но всегда в молитве и прошении с благодарением открывайте свои желания пред Богом, — и мир Божий, который превыше всякого ума, соблюдет сердца ваши и помышления ваши во Христе Иисусе» (К Филиппийцам 4:6–7).

Эту главу закончу отрывком из Библии о мудрой женщине.

Пусть и в вашем сердце будет такое же настроение!

«Крепость и красота — одежда ее, и весело смотрит она на будущее. Уста свои открывает с мудростию, и кроткое наставление на языке ее. Она наблюдает за хозяйством в доме своем, и не ест хлеб праздности» (Притчи 31:25,26).

25
ТАК ВСЁ-ТАКИ ЧЕГО БОИТСЯ СТРАХ?

Подведем итоги

Хочу пройтись по главным пунктам, которые ведут к освобождению от страха, как бы подвести итоги.

1. Сделайте список

Запишите все страхи/фобии и помолитесь, попросите Бога показать корень — самый главный и самый мучающий вас страх. Я думаю, что это будет нетрудно сделать. Начните с этого страха. Не пытайтесь победить сразу все страхи. Начните с одного, но главного.

Встаньте на колени и помолитесь, попросите у Бога мудрости на дальнейшие шаги. Бог — это дух. Поверьте, Он лучше всех знает, как победить то, чего мы не видим. Зачастую мы даже не знаем, на что способны, какой в нас потенциал. А с Богом, пользуясь Его мудростью, можем и горы свернуть.

«Если же у кого из вас недостает мудрости, пусть просит у Бога, дающего всем просто и без упреков — и дастся ему» (Иакова 1:5).

Врач может помочь с физической болезнью, но в данном случае нужен другой — очень особенный — врач. И позвольте напомнить, что психологи и все те, кто пытается разобраться с духовными или душевными проблемами, очень ограничены в своих возможностях. Нередко всё сводится к таблеткам и купированию симптомов, но не к полному освобождению.

У вас есть ресурсы, заложенные Богом. Об этом я хочу рассказать подробнее. Мне очень нравится история из Библии о вдове, которая потеряла мужа. Муж умирает и оставляет огромные долги за собой. А в то время за долги могли забрать не только имущество, но и детей, да и сам человек мог попасть в рабство. Вот такая ситуация у бедной вдовы. И в их город приходит пророк. Вдова встречается с ним и рассказывает свою историю.

Меня настолько потряс ответ пророка, что я не могла об этом не думать — даже написала статью.

Что́ есть у тебя в доме?

«И сказал ей Елисей: что́ мне сделать тебе? скажи мне, что́ есть у тебя в доме? Она сказала: нет у рабы твоей ничего в доме, кроме сосуда с елеем» (4-я Царств 4:2).

У женщины умер муж. Оставил большие долги. В те времена за долги могли забрать детей. Представьте себе!

У той вдовы уже хотели забрать детей за долги мужа.

Пришел пророк. Она ему жалуется, плачет. А он говорит ей эту фразу. Он мог бы сказать: «Давай найдем людей, кто поможет. Давай я позвоню другим пророкам, давай тут порешаем, поможем». Нет. Он говорит ей чудовищную фразу, вдове, потерявшей мужа, которой нечем платить за долги: «Чтó есть у тебя в доме?» Если почитать дальше, то вообще в голове не укладывается, что еще произошло. Она из горшка масла сделала умножение намного большее, чем смог бы человек. Потому что Бог может больше, чем наше ограниченное мышление. Он помог.

Часто мы не замечаем, что решение проблемы лежит дома. У нас дома *всегда есть* горшочек с маслом: это место для молитвы, это любовь к детям, это прощение обидчикам, это уважение к мужу, это гантели для похудения, это книга, чтобы научиться готовить, и миллион других горшочков с маслом! По вере всё это превратится в ответ на нужду. Мы же часто этого просто не видим, не замечаем. Ответ лежит под слоем пыли в доме. Решение проблемы — в доме. А мы бежим, ищем далеко, кричим громко. Чтó у тебя есть в доме? У тебя в доме ответы на твои проблемы. И это честный, открытый разговор с Богом. Расскажи Ему о своих проблемах и попроси мудрости, излей свое сердце. И найдется тот горшок с маслом, и придет чудо в твою жизнь!

2. *Познайте истину, правду*

> «И познáете истину, и истина сделает вас свободными» (От Иоанна 8:32).

Я поняла, что, не зная правды, мы склонны верить неправде — нас легко обмануть. Научиться отделять истину от неправды — это уже большое дело. Ну, ведь есть какой-то «барометр» внутри нас — иногда возникают мысли, что что-то тут не так. И мы начинаем думать, читать, узнавать у людей, пытаемся всеми путями узнать правду.

Например, когда у вас болит зуб, а врач говорит, что проблема с глазами, конечно, вы такой глупости не поверите. Вы спросите у врача, на каком основании он сказал такую несуразицу. Но бывают ситуации и сложнее, где определить и распознать неправду очень непросто, — уровень намного выше. Тогда обман, как змея, тихо, медленно, чтобы не спугнуть, заползает в ваши мысли и жалит, пуская яд.

Или, например, посмотрели вы новости о том, что в городе пытаются поймать серийного убийцу, который уже убил несколько человек. И мало-помалу начали впускать в свою душу страх, мысли о смерти. Но, если это вовремя не остановить, они превратятся в фобию. И будете вы всех мужчин сравнивать с той картинкой, которую нарисовал в своей голове: вот так, по-моему, выглядит тот убийца!

Закрывать дом на ключ и не ходить ночью в одиночку — в такой ситуации правильно. А вот дать мыслям страха занять весь простор вашего мышления — это уже позволить врагу вторгнуться к вам. Маньяк достиг своей цели — поднял на уши весь город. Но разве это мудро — портить свое здоровье из-за какого-то больного человека и не спать по ночам, всего лишь услышав слухи, разговоры?

Попробуем отделить правду от неправды.

Неправда, что вы должны бояться и паниковать. Это всё равно ничего не изменит. Также неправда и то, что если вы будете бояться, то сохраните свою жизнь от смерти. Неправда здесь в том, что эта ситуация сковала вас, и вы не можешь больше жить как раньше. Ложь запутывает мозги паутиной, и вы перестаете здраво мыслить — да, это так!

Правда, что маньяк даже не знает вас — он о вас даже и не думает. Правда в том, что в подобной ситуации мир и здравомыслие сохранят вас от лишних переживаний. Правда и в том, что в своем доме вы в безопасности. Правда в том, что вы можете и дальше продолжать жить, как жили. Радоваться и слушать любимую музыку. Правда, что вы можете контролировать свои мысли и вместо страшных картинок думать о том, что маньяка скоро поймают, да и кроме него есть еще много чего, о чем думать.

Лично для меня главная правда — это Божья защита. При первой же волне страха я начинаю молиться. В Библии очень много обетований о защите. Только там есть *одно* условие: эти обетования — для любящих Бога, ходящих под Его сенью. Псалом 90 — обетование для любящих Бога. Не для всех. Данный псалом может стать вашей молитвой в моменты страха. Но не забывайте об условии: чтобы получить обетования Божьи, нужно почитать Бога, любить Его Слово, верить и жить соответствующим образом. «Живущий под кровом Всевышнего под сенью Всемогущего покоится» (стих 1).

> Скажу о Господе: Он — *„прибежище мое и защита моя, Бог мой, на Которого уповаю"!*
> *Он избавит тебя от сети ловца и от гибельной язвы. Перьями Своими осенит тебя, и под крыльями Его будешь безопасен; щит и ограждение — истина Его.*
> *Не убоишься ужасов в ночи́, стрелы, летящей днем, язвы, ходящей во мраке, заразы, опустошающей в полдень.*
> *Падут подле тебя тысяча и десять тысяч одесную тебя; но к тебе не приблизится.*

Только смотреть будешь очами твоими и видеть возмездие нечестивым.

Ибо ты [сказал]: „Господь — упование мое"; Всевышнего избрал ты прибежищем твоим.

Не приключится тебе зло, и язва не приблизится к жилищу твоему.

Ибо Ангелам Своим заповедает о тебе — охранять тебя на всех путях твоих.

На руках понесут тебя, да не преткнешься о камень ногою твоею» (Псалтирь 90:2–12).

Страшно? Остановитесь и запишите на бумаге в один столбик правду, а в другой — неправду о сегодняшнем страхе. Частенько страх сам по себе как-то развеивается, когда человек начинает думать правильно.

Делайте, даже если боитесь...

Я боялась оставаться дома одна, но осталась. Этим я разоблачила обман, который за многие годы крепко врос в мой разум. Я думала, что если останусь дома одна, то поседею от ужаса. Не поседела — волосы до сих пор черные. Думала, сойду с ума, но до сих пор в здравом уме. Думала, придет убийца, а он не пришел. Думала, не смогу заснуть, а на третий день проспала всю ночь без света.

Радость такой победы ощущается как радость освобождения из плена. Я свободен! Открываются новые горизонты того, что я могу сделать. Это удивительно!

3. Следите за своей речью, словами, мыслями

Могу себе представить, как менялся разговор раба, отпущенного на свободу. Он наверняка больше не говорил, что проклят, что он хуже собаки. У него открылись новые горизонты! Он, скорее всего, утверждал: «Я построю свой дом, у меня теперь будет семья и работа по моему выбору, я смогу использовать свои дары и таланты». Он начинал мечтать!

Если вы говорили: «Я боюсь», то начните говорить другое. Если вы до сих пор боитесь, не говорите, что не боитесь. Просто перестаньте произносить слова «боюсь», «страшно». Подумайте, перед тем как что-то произнести, изменят ли эти слова ситуацию, или вы опять останетесь ни с чем. А лучше скажите: «Я попробую, постараюсь». И по-настоящему постарайтесь. Начните говорить, что вы работаете над этим, что близка свобода. Не говорите больше, что вы трус, — снимите с себя это клеймо.

Кто вы? Вы человек, созданный творить, мечтать, жить. Вы чудо, и больше такого, как вы, нет и не будет. Вы можете на этой земле совершить то, чего никто больше не сможет. Сорок тысяч фобий, конечно, постараются вас остановить. Но всё равно человек — венец творения Божьего. И даже сорок тысяч фобий не властны над вами, если вы не поверите их лжи.

Бог словом сотворил землю и всё, что на ней! И вы творите словом. Говорите всё, что вы хотите иметь в своей жизни. Перестаньте утверждать негативные вещи.

Я знаю: придет день, и я смогу! И день тот близок.

Я верю, что вы сможете, я знаю, что в вашей груди бьется сердце воина — сердце, способное выдержать и преодолеть всё. И жить.

4. Отделите от себя страх

Человек часто рассматривает страхи как некий изъян в своем характере. Ну, я такой, и что теперь?

Я отделила от себя то, что мне не принадлежит и не является частью меня. Я верю, что Бог меня сотворил идеально. Единственные страхи, которые пришли в комплекте от производителя, — это чувство самосохранения, интуиция, законопослушание, страх Божий. Страхи, которые могут сохранить мне жизнь, помогут не грешить и быть законопослушным гражданином той страны, где сейчас живу.

Всё остальное добавилось по дороге, а я это приняла как свое. Но это не мое, чье-то чужое. Пора отделить зёрна от плевел, правду от неправды. Сбросьте «лишние килограммы чужого веса», это ведь тоже не ваше — вы это приняли по дороге.

Я — это я, а фобии — это фобии. Нам по дороге? Нет. Это не мой характер. Больше ни одного дня не потрачу, страдая от чужого бремени. Это не мое ярмо — оно чужое, бесовское.

Раскройте себя настоящего, мечтайте, стремитесь к высшим целям, меняйте мир вокруг себя!

5. *Не полагайтесь на эмоции*

Как часто эмоции приводят нас в очень плачевное состояние. Например, кто-то на нас неправильно посмотрел — просто посмотрел, даже ничего не сказал! И тут же мы абсолютно необоснованно ощущаем прилив злобы на того человека. Разные мысли настраивают наше мышление на поражение. За что? Что я ему сделал? Какой он ужасный человек! А вы уверены, что в его взгляде было именно то, о чем вы подумали? Человек вообще мог о вас и не думать, просто так получилось.

Эмоции. Наши эмоции зависят от настроения,

настроение — от состояния сердца, а состояние сердца — от того, что мы туда положили: что перед этим слышали, что видели, о чем говорили. Эмоции — как волны, как торнадо. Приходят, сносят всё на своем пути, а потом успокаиваются. Мы же идем, просим у людей прощения за всё, что натворили или сказали во время этого торнадо.

Не полагайтесь на свои эмоции, не верьте им. Негативные эмоции вызывают прошедшие переживания, обиды. Добрые, хорошие эмоции помогают нам иметь хорошее настроение. Но эмоции, вызываемые даже той же любовью, могут быть очень обманчивы. Увидела девочка мальчика и влюбилась, хотя тот мальчик просто шел мимо.

Вам нужно научиться мыслить здраво. Научиться анализировать ситуацию, пробовать понять того человека, который посмотрел на вас как-то не так. Да просто подойти и спросить, поговорить.

Большинство бурных эмоций в моей жизни оказались ложными. Страх нередко играет нашими чувствами. В этом случае стоит переключиться с эмоций на разум.

6. Бодрствуйте и не давайте места страху

Мы умеем бодрствовать, когда нам нужно!

Например, когда нам нужно платить по счетам, или смотреть за своим ребенком, играющим на улице, или когда наш близкий в реанимации — тут мы готовы не спать всю ночь. То есть мы способны бодрствовать, если это нам важно. Быть начеку.

Если бы мы знали, что сегодня в три часа дня в наш сад заползет змея, мы бы стояли с каким-нибудь тяжелым инструментом, ожидая, и были бы готовы поразить ее, пока она не влезла в дом.

Бодрствовать очень важно: стоять у ворот своего города, у дверей своей жизни. Держать ухо востро.

Согласитесь, что как только вы начинаете менять свою жизнь, искушения сразу же тут как тут. Сколько раз я слышала рассказы наркоманов или алкоголиков: только они решили бросить, а тут «дружок» с щедрым предложением.

Или решили не есть ничего вредного. Долго ждать не придется, как на вашем пути окажется вся вредная пища на свете.

Страх действует так же. Только познáете правду, только уйдет от вас чувство страха, как снова какая-то ситуация. Такова тактика дьявола — заманить, обмануть и опять поймать вас в свои сети.

Бодрствовать в нашем случае — это не подпускать страх к нашим мыслям, глазам, ушам, сердцу. Если у вас уже была в жизни такая проблема, значит вы подвержены страхам и фобиям больше, чем другие люди, и вам всю жизнь придется быть начеку в этой сфере. Охранять себя, беречь от источников страхов. Например, собрались друзья вечерком на чай. Кто-то предложил вместе посмотреть фильм. Выбрали фильм ужасов. Но ведь вам стыдно сказать, что вы не можете такое смотреть, стыдно признаться, что потом не будете спать, что будет сложно преодолевать леденящее чувство ужаса. Да и сами думаете: а я уже не так и боюсь, посмотрю, да и всё. Посмотрели — вроде ничего, не так и страшно было.

Но мозг — как губка: даже если вам в тот момент и не страшно смотреть, всё равно информация впитается, а потом в какойто момент губка отдаст всё, что впитала. В самое неподходящее время страх снова, и снова, и снова воспроизведет в вашем уме увиденную картину.

Я стала очень смелой в подобных ситуациях. Я бы

сказала друзьям, что не могу смотреть такое. Или, если бы я не смогла повлиять на ситуацию, то ушла бы оттуда.

Правда здесь в том, что, во-первых, мне нужно и дальше жить, а друзья не помогут мне не бояться. Каждый пойдет по своим домам, и им будет не до меня. Во-вторых, через несколько лет эти люди могут забыть обо мне — у меня, возможно, будут совсем другие друзья, так почему я так боюсь сказать им то, что мне важно, почему я ставлю их выше своей собственной жизни?

Знаете, сказав людям правду о своих проблемах, вы удивитесь, когда увидите, как, возможно, еще несколько человек признаются, что и у них такая же проблема. И вы сможете обсудить эту тему, даже помочь друг другу.

Многие зачастую думают, что они одни такие, — и это тоже ложь страха. Охраняйте себя, бодрствуйте, откажитесь от источников страха, ведь в своем сердце вы точно знаете, что вас пугает или плохо влияет на вас. Может, это видеоигра, или украшения на Хэллоуин, или картина со скелетом в вашем доме. Да выбросьте вы эту картину — ваши нервы дороже стоят! Или какая-то музыка влияет на вас негативно, а то и новости или кто-то из друзей.

Защитите свою жизнь. Оберегайте ее. Не будьте мишенью, в которую любой, кто только захочет, бросает стрелы. Для них это игра. Для вас — жизнь с ранами. Вы творите историю вокруг самого себя.

Предлагаю вам прочитать мою статью под названием «Я — последняя буква в алфавите».

Я — последняя буква в алфавите

Я так полюбила Христа, что была готова ради Него пойти на край земли. Будучи студенткой парикмахерского училища, я после уроков с трактатами в руках говорила о Христе в автобусах и такси и даже заходила рассказывать о Нем в бары. Говорила о том, как Он изменил мою жизнь. И никто не мог остановить меня.

Один раз ребята перекрыли мне дорогу. Я говорю: «Вы тело мое можете убить, но дух убить не сможете!» После этого они молча слушали Евангелие во всей его красоте и силе.

В один прекрасный день подошли ко мне всезнающие старшие сестры из церкви. И прекрасный день перестал быть прекрасным... Они были очень озабочены тем, что я слишком много говорю о себе. И сказали классическую фразу, которая глубоко поселилась в моем сердце: «Я — последняя буква в алфавите! Перестань о себе так много говорить! „Я" должна исчезнуть из твоего лексикона. Вот проверь, как часто ты говоришь „я". У тебя не должно быть ни одной „я" в разговоре». Это на меня так сильно повлияло, что я замолчала на многие годы. Как я могу говорить о Христе, исключая собственное свидетельство? Как?

Те ребята тогда меня не убили, а вот буквоедки-бабули почти смогли это сделать. Под корень обрубили.

Прошли годы. Я стала женой, мамой. Всегда было желание идти за Христом, говорить о Нем. Но что-то комом стояло в моем горле, и каждый раз желание свидетельствовать заканчивалось молчанием. Я не знала почему. Почему когда-то я была горячей для Христа, а сейчас теплая, как остывший горький чай. Бесплодная лоза.

Как-то поехали в турпоездку в Израиль. Утомительный жаркий день, гид без остановки рассказывает, почти все спят, автобус медленно едет по узким улочкам Иерусалима.

И вдруг! *Вдруг!* Я слышу нечто невероятное, мои антенны настроились на прослушивание какой-то потрясающей информации! Гид, видя сонную толпу, монотонным голосом рассказывает: «Раввины, учителя Израиля считают, что каждый человек — это центр вселенной. Круговорот истории начинается вокруг каждого человека. Каждый человек имеет ответственность и силу повлиять на то, какой круговорот будет вокруг него. Сам человек решает, как далеко в том круговороте пойдет его влияние на историю человечества».

Что??? Еще раз: что?

Я посмотрела вокруг: кто спит, кто смотрит в окно. Люди, вы слышите то, что я слышу? Задумалась и замерла... истина начала освобождать меня... тот давний ком начал таять в моем горле... Я вспомнила о последней букве «я» и поняла, что это просто буква в алфавите, что она никак и ничем не влияет на меня. Подумаешь, сравнили меня с буквой! Это всё выдумки религиозных людей, которые свою бесплодную жизнь оправдывают вот такими глупыми высказываниями.

Честно сказать, было досадно и горько за потерянные годы. За ложь, проникшую в церковь. Церковь всегда будет иметь огромную важность для меня. Но вот некоторым сестрам просто нужно покаяться.

Представила, какой в данный момент круговорот вокруг моей жизни: слабый, мелкий, тихонький такой, еле живой. Всё равно подкралась мысль не с той стороны: ну, что, теперь будешь думать, что ты — пуп земли?

Нет-нет, не в этом дело! Слово о Христе, которое изменило мою жизнь, должно пойти по другому круговороту, и чем дальше, тем лучше! Я имею огромную важность и значимость на этой земле, я творю историю вокруг себя. Каждый мой шаг творит историю. Каждое слово. Даже каждая мысль.

Поэтому!

Я буду рассказывать о себе, как о творении Божьем, как об остром мече в руках Бога Живого! А то, что у Него в руках, очень важно! Я буду делиться свидетельствами и историями, буду держать голову поднятой. И если Бог позовет на служение, я не скажу: «А кто я такая?»

Смирение — это не последняя буква в алфавите. Это послушание Христу и Его призванию. Это когда не умеете, но говорите — ради Христа умеете. Это когда признаете Христа своим Господом и идете за Ним до края земли, как поете во время прославления!

А главное — это когда ваша семья видит Христа, воскресшего в вашем круговороте.

Христос родился, и появилась новая звезда. А кто сказал, что при вашем рождении не появилась новая звезда? Ведь Бог каждую звезду называет по имени. По какому имени? А что, если одна из звезд названа вашим именем?

Я не сомневаюсь. А вот бабульки вам говорят: «Я — последняя буква в алфавите».

Творите историю вокруг себя! Вы даже не можете себе представить, как вы повлияете на историю человечества, если не будете верить всякой лживой мишуре.

А что, если допустили страх, не сберегли свой город? Разные страхи по-разному уходят из нашей жизни. Иногда следует узнать истину — и страх уйдет. Иногда нужны лекарства, иногда поддержка близких.

В моей жизни страхи были разными. Но глубоко внутри я осознаю, что большинство из них было послано в мою жизнь сатаной. Дьявольские атаки. Помню, как через много лет после того, как я освободилась от страха темноты, ночью почувствовала леденящее его присутствие. Я села в кровати, улыбнулась и спокойным голосом сказала: «Ты ведь знаешь, что я больше не боюсь тебя. Зря стараешься. Уйди вон во имя Иисуса Христа и больше не возвращайся». В то же мгновение страх ушел и больше не возвращался.

Я имею власть над страхом. Самую настоящую власть. Но власть над страхом имеет только тот, кто обитает в Боге, кто читает и любит Его Слово. Это соединяет человека с небом — источник власти приходит с небес. Невозможно игнорировать Бога и в то же время пытаться использовать Его власть.

Колдуны, маги, гадалки не могут ничего делать сами. Они используют другую власть — власть сатаны. Но сатана никогда не изгонит сам себя. Поэтому после посещения гадалки дым обмана может казаться сладким, но, по сути, вы открыли еще одну дверь для сатаны и его бесов. Не ходите к гадалкам, колдовство и гадание — это грех. Обратитесь к Творцу, Который сотворил вас. Библия дает нам на этот счет четкие указания.

«Итак покоритесь Богу; противостаньте диаволу, и убежит от вас» (Иакова 4:7).

1. Покоритесь Богу
2. Противостаньте дьяволу

На первом месте — «покоритесь Богу», а потом только указание «противостаньте диаволу».

Как покориться Богу?

Смирить свое сердце перед Ним. Мы ведь часто думаем, что всё в наших руках — у нас всё схвачено, за всё заплачено. Однако перед силой духовных вещей, природных катаклизмов, перед болезнями и смертью мы, в сущности, не имеем никакой власти. Есть Бог, и Он нужен нам как воздух.

Почему люди так отмахиваются от Бога? Потому что, приняв факт о Его существовании, придется радикально изменить свою жизнь, чего им зачастую не хочется делать.

Если вы еще не христианин, хочу пару слов сказать о главном событии, которое повернуло вспять историю человечества. Иисус Христос умер на кресте ради оправдания и прощения грехов. Ради спасения каждого, кто поверит. Именно в момент смерти на кресте для всех верующих в Христа открылись двери вечной жизни. Перед вами до вашей последней минуты будет стоять вопрос, куда вы пойдете после смерти, что будет дальше? Поэтому этот вопрос лучше решить раньше, чтобы не только после смерти быть с Богом, но еще и на этой земле пожить с Ним. Увидеть Его дела, помощь и жить с миром в сердце каждый день, зная при этом, что вечность будет чудесная!

Как противостать дьяволу?

«И призвав двенадцать учеников Своих, Он дал им власть над нечистыми духами, чтобы изгонять их и врачевать всякую болезнь и всякую немощь» (От Матфея 10:1).

Дал власть над нечистыми духами, чтобы изгонять. Это ведь великое чудо — власть над нечистыми духами, над страхом, над фобиями.

Давай вместе помолимся — я помогу вам. Но пусть это будет серьезная молитва, сердечная, искренняя.

Молитва за освобождение от страха

Господь Иисус, прости мои грехи и очисти мою совесть от всего, что отделяет меня от Тебя. Я каюсь в соделанных грехах и прошу Тебя помочь мне больше не грешить. Я приглашаю Тебя быть Господом моей жизни, вести меня и учить меня. Прошу, дай мне мудрости для каждого дня. Освети мой разум Своим светом. Я хочу исполнить волю Твою на этой земле.

Я принимаю власть, которую Ты, Иисус, даешь всем верующим в Тебя и ходящим путями Твоими.

Именем Иисуса Христа, властью, данной мне от Господа, я противостою духу страха, как говорит Божье Слово в Иакова 4:7!

Я разрушаю всякие оковы дьявола в моей жизни! Смертью и воскресением Иисуса Христа мне дано искупление и освобождение от рабства страха смерти и греха! Я больше не соглашаюсь быть под властью страха — я свободен и отказываюсь от каких-либо страхов! Я под защитой Господа! Я принимаю бесповоротное решение больше не верить лжи страха, но буду верить Слову Господа!

Иисус Христос, наполни мое сердце смелостью и дерзновением и способностью отличать правду от лжи!

Вы помолились, и в духовной сфере произошло нечто очень важное. Вы отдали свою территорию жизни Христу. Теперь Он хозяин — вы больше не одиноки. Ваш дух возродился, объединился с Духом Божьим. Поэтому никакие другие духи, бесы, страхи не имеют права находиться в вас.

Каждый день говорите с Христом, как с другом, в искренних молитвах. Принимайте решения в пользу Бога.

Это сохранит вас от многих бед, и, что важнее всего, у вас будет мир внутри, уверенность в будущем.

Читая Библию, вы начнете видеть вашу жизнь через призму Божьего взгляда. Мы, люди, склонны верить в худшее, но прочитайте этот стих из Библии:

«Ибо [только] Я знаю намерения, какие имею о вас, говорит Господь, намерения во благо, а не на зло, чтобы дать вам будущность и надежду» (Иеремия 29:11).

Вернется ли страх?

Да, он будет пытаться вернуться. Иногда страх пытается вернуть меня в прошлое, но уже не имеет надо мной никакой власти и силы. Эти его попытки напугать меня просто жалки и смешны!

Помните: никогда не давайте места дьяволу, страху, панике. Как только накатывает страх, не ждите ни сскунды — сразу противостаньте ему твердой верой, и он убежит от вас. Молитесь, в ту же секунду призывайте имя Иисуса Христа.

В моей жизни атаки уменьшались не только количественно, но и качественно: они всё реже и слабее.

Сейчас мне сорок четыре года, и я могу сказать, что можно победить все страхи. Даже страх смерти. Можно научиться владеть эмоциями, переживаниями, смирять панику. Всё в нашей власти.

«Долготерпеливый лучше храброго, и владеющий собою [лучше] завоевателя города» (Притчи 16:32).

Спасибо вам за то, что прочитали эту книгу до конца!

Знаю, что люди часто не дочитывают книги, потому что уже в середине «всё поняли».

Вы дочитали. Спасибо за терпение, что прочитали всё, что я написала, а если точнее — всё, что любящий вас Бог хотел вам сказать.

Я желаю вам иметь один, но очень важный страх — страх Божий. Тогда все остальные страхи будут поставлены на место.

Живите, пока дышите!

Нет времени на то, чтобы существовать, поэтому *живите!*

«Господь — свет мой и спасение мое: кого мне бояться? Господь — крепость жизни моей: кого мне страшиться?» (Псалтирь 26:1).

Слова «не бойся» упоминаются в Библии 365 раз — по количеству дней в году. Подумайте над этим!

Рената Кулакевич родилась в маленьком Литовском городке, в трудолюбивой и образованной семье. Позже она встретила своего мужа, как она описывает, -добрейшей души человека. Сейчас в их семье, четверо прекрасных детей! После тяжелой болезни мужа Рената стала излагать свои мысли на бумаге. Обнаружив в этом утешение и добрые отзывы от читателей продолжила писать, это и подтолкнуло к издательству первой книги!

www.ingramcontent.com/pod-product-compliance
Lightning Source LLC
LaVergne TN
LVHW062128060226
831057LV00008B/185